OS SEGREDOS DE AUGUSTA

Editora Appris Ltda.
1.ª Edição - Copyright© 2024 do autor
Direitos de Edição Reservados à Editora Appris Ltda.

Nenhuma parte desta obra poderá ser utilizada indevidamente, sem estar de acordo com a Lei nº 9.610/98. Se incorreções forem encontradas, serão de exclusiva responsabilidade de seus organizadores. Foi realizado o Depósito Legal na Fundação Biblioteca Nacional, de acordo com as Leis nºs 10.994, de 14/12/2004, e 12.192, de 14/01/2010.

Catalogação na Fonte
Elaborado por: Dayanne Leal Souza
Bibliotecária CRB 9/2162

S186s
2024
	Salvo, Roberto
	    Os segredos de Augusta / Roberto Salvo. – 1. ed. – Curitiba: Appris, 2024.
	    152 p. : il. ; 21 cm.
	
	    ISBN 978-65-250-3761-5
	
	    1. Segredos. 2. Mistérios. 3. Traição. 4. Paixão. 5. Vingança. I. Salvo, Roberto. II. Título.
	
	                                                                                                                                            CDD – 863

Editora e Livraria Appris Ltda.
Av. Manoel Ribas, 2265 – Mercês
Curitiba/PR – CEP: 80810-002
Tel. (41) 3156 - 4731
www.editoraappris.com.br

Printed in Brazil
Impresso no Brasil

Roberto Salvo

OS SEGREDOS DE AUGUSTA

Curitiba, PR
2024

FICHA TÉCNICA

EDITORIAL	Augusto V. de A. Coelho
	Sara C. de Andrade Coelho
COMITÊ EDITORIAL	Marli Caetano
	Andréa Barbosa Gouveia (UFPR)
	Edmeire C. Pereira (UFPR)
	Iraneide da Silva (UFC)
	Jacques de Lima Ferreira (UP)
SUPERVISORA EDITORIAL	Renata C. Lopes
PRODUÇÃO EDITORIAL	Adrielli de Almeida
REVISÃO	Marcela Vidal Machado
DIAGRAMAÇÃO	Amélia Lopes
CAPA	Lucielli Trevizan
REVISÃO DE PROVA	Daniela Nazario

Dedico este livro à minha amada esposa, Suzete Dal Corso Salvo, pela paciência e dedicação incansável. Seu apoio inabalável é a luz que ilumina cada página desta jornada. Com todo o meu amor e gratidão.

SUMÁRIO

ITABERÁ – RETRATOS E CONFLITOS...9

A DUALIDADE DE AUGUSTA 22

O ASSALTO 26

A REVIRAVOLTA NA SITUAÇÃO CLÍNICA DE BIANCA.................30

CONFIDÊNCIAS 33

O JULGAMENTO...36

A COMEMORAÇÃO E AS REVELAÇÕES NA BOATE SPECTRO BAR 42

AUGUSTA E OS VISITANTES INDISCRETOS 46

REBECA, A ESPOSA INCONFORMADA..48

DILEMAS DE TONY...54

O ENCONTRO..58

PROBLEMAS À VISTA 70

CONFLITOS DE GEORGE 83

TENSÕES NA BOATE SPECTRO BAR 91

OS PREPARATIVOS PARA A FESTA...98

A VISITA DO POLICIAL 121

A FESTA 133

ITABERÁ – RETRATOS E CONFLITOS

Em meio ao terreno ondulado coberto por uma tapeçaria de vegetação exuberante e campos férteis, encontra-se a bucólica cidade de Itaberá, localizada no interior do estado. Essa encantadora cidade é conhecida por ser um local que irradia calor e hospitalidade e pela proximidade entre a zona rural e o centro urbano. No coração da cidade, encontra-se a praça principal, rodeada por casas de arquitetura tradicional e ruas de paralelepípedos. É nessa praça que os moradores se reúnem para conversar, aproveitar o Sol da tarde e compartilhar histórias, um dos personagens mais queridos da cidade é o senhor João, farmacêutico respeitado e querido na pequena cidade em que vive, com sua farmácia local, ele está sempre pronto para atender às necessidades dos habitantes, oferecendo orientação e cuidado atencioso, com sua vasta experiência e conhecimento. João é um verdadeiro especialista em medicamentos e tratamentos, ele está sempre atualizado com as últimas pesquisas e desenvolvimentos na área farmacêutica, garantindo que possa oferecer o melhor aconselhamento possível aos seus clientes. João é conhecido por sua paciência e atenção individualizada a cada pessoa que entra em sua farmácia, ele dedica tempo para ouvir preocupações e sintomas de cada cliente, buscando atender completamente suas necessidades antes de fornecer a melhor opção de tratamento.

Ao lado da farmácia, encontra-se a charmosa e tradicional padaria do senhor Manoel, o aroma irresistível de pães frescos e bolos recém-saídos do forno flutua pelo ar e atrai os moradores como um convite para um café da manhã ou um lanche da tarde. Manoel é conhecido pela vizinhança por seus dotes culinários e pela dedicação em fazer cada produto com amor.

— Sempre com um sorriso no rosto, meu caro! A vida é muito curta para não sorrir, não é mesmo?

— Com certeza, senhor Manoel! Seu otimismo é contagiante. E os pãezinhos de hoje, estão fresquinhos? – Questiona Margarida com um sorriso.

— Claro que sim, minha cara! Acabei de tirá-los do forno. Vocês merecem o melhor, sempre! – Manoel avisa com gracejo.

— Senhor Manoel, sua simpatia é o que nos traz aqui todos os dias. Obrigado por nos receber tão bem.

— Ah, meu caro, é um prazer tê-los por aqui! Nossa padaria é como uma extensão da minha casa e vocês são sempre bem-vindos.

— Senhor Manoel, você é um exemplo de bondade e alegria. Como faz para estar sempre tão bem-disposto?

— Ah, minha cara, a vida é feita de pequenos momentos de alegria. E poder compartilhar esses momentos com vocês, meus queridos clientes, é o que me mantém sorrindo.

— Obrigado, senhor Manoel, por ser sempre tão acolhedor e atencioso. Suas palavras e seu sorriso fazem nosso dia mais feliz.

— Vocês são minha família, meus amigos, estou aqui para alegrar seus dias e tornar suas manhãs mais doces. Voltem sempre, a casa é de vocês!

E assim, entre sorrisos e boas energias, Manoel recebe seus clientes na padaria, espalhando alegria e acolhimento a cada momento compartilhado.

Seguindo adiante, encontramos o açougue de Antônio. Com suas mãos habilidosas, ele oferece cortes de carne frescos e suculentos que são a delícia dos moradores da cidade. Antônio é muito simpático, sempre pronto para ajudar seus clientes a escolherem a melhor carne para cada ocasião. Aos domingos Antônio faz assados na brasa, churrasco pronto para levar. Perpendicularmente ao açougue, encontra-se a confeitaria de propriedade de dona Maria, Confeitaria Doce Maior, muito mais do que um simples estabelecimento de bolos e doces, além de oferecer uma variedade de delícias açucaradas, ela se transformou em um verdadeiro ponto de encontro para a comunidade local. Com sua decoração acolhedora e atmosfera aconchegante, a Confeitaria Doce Maior se tornou um lugar perfeito para desfrutar de um apetitoso chá da tarde. Seus chás cuidadosamente selecionados, acompanhados por uma seleção de bolos e doces frescos, proporcionam uma experiência gastronômica única e memorável, mas a Doce Maior vai além de ser apenas um local para satisfazer as vontades dos amantes de doces, é um espaço onde pessoas se reúnem para compartilhar momentos especiais e desfrutar de bate-papos informais, amigos se reúnem para colocar a conversa em dia, famílias desfrutam de um momento de descontração e casais encontram um refúgio romântico para desfrutar de momentos agradáveis juntos. Aconchegados em mesas confortáveis, os clientes são envolvidos por um ambiente acolhedor e amigável. Dona Maria e suas colaboradoras são calorosas e atenciosas para atender os clientes da Confeitaria Doce Maior e fazem com que todos se sintam bem-vindos e cuidados, proporcionando um serviço excepcional e garantindo que cada visita seja uma experiência agradável.

E, é claro, não podemos esquecer do padre Eurípedes, um homem de fé e sabedoria. A igreja de Itaberá é um dos pontos centrais da cidade e o padre é uma figura respeitada e amada por todos. Ele celebra missas, oferece conselhos e apoio espiritual à comunidade, sempre com uma palavra de conforto e esperança. Em Itaberá, o padre Eurípedes é um exemplo notável de dedicação e generosidade em sua comunidade, ele é responsável por manter o Lar das Meninas e Meninos, uma casa de ajuda aos necessitados que oferece abrigo, cuidado e suporte a jovens em situação de vulnerabilidade. Para garantir o funcionamento e a sustentabilidade do Lar das Meninas e Meninos, o padre Eurípedes conta com o auxílio financeiro de alguns párocos que possuem condições para contribuir, essas contribuições são essenciais para cobrir os custos operacionais, como alimentação, moradia, educação e cuidados de saúde para os jovens acolhidos. Além do apoio financeiro, o padre Eurípedes busca parcerias com empresas locais, instituições e membros da comunidade que possam contribuir com doações de alimentos, roupas, materiais escolares e outros recursos necessários para o bem-estar dos jovens carentes. O padre Eurípedes é um verdadeiro líder comunitário, dedicando seu tempo e energia para garantir que meninas e meninos tenham um ambiente seguro e amoroso para crescerem. Ele trabalha incansavelmente para arrecadar fundos e recursos para o Lar das Meninas e Meninos, consciente da importância desse projeto para a vida dos jovens atendidos. Além disso, o padre Eurípedes promove eventos e campanhas de arrecadação de fundos, envolvendo a comunidade e sensibilizando as pessoas sobre a importância de apoiar essa causa. Padre Eurípedes acredita que, juntos, podem fazer a diferença na vida desses jovens, oferecendo-lhes uma chance de um futuro melhor.

Em Itaberá os vizinhos se conhecem, os laços são estreitos e a solidariedade é uma característica marcante. As festas tradicionais, como a Festa do Milho ou o Arraiá da cidade, são momentos de alegria e união, em que todos se reúnem para celebrar a cultura local e compartilhar momentos especiais.

Nessa graciosa cidade do interior, a simplicidade e a autenticidade são valores essenciais, os habitantes de Itaberá se orgulham de sua comunidade e da harmonia que encontram entre a zona rural e a cidade, é um lugar onde a natureza e a vida comunitária se entrelaçam, criando um ambiente acolhedor e único, onde cada rosto é familiar e cada história é compartilhada com carinho.

Em Itaberá vive um rapaz chamado George, um jovem de 27 anos que possui uma aparência marcante e cativante. Seus cabelos escuros, levemente ondulados, caem de forma despojada sobre a testa, conferindo-lhe um ar moderno e descontraído. Seus olhos expressivos, de um tom castanho profundo, irradiam inteligência e curiosidade, refletindo sua personalidade atenta e perspicaz.

O rosto de George é simétrico e harmonioso, com traços firmes e definidos que denotam determinação e confiança. Sua pele clara e saudável realça a tonalidade natural de suas maçãs do rosto, conferindo-lhe um aspecto jovial e vibrante.

O sorriso de George é contagiante, revelando dentes brancos e bem alinhados que iluminam seu rosto. Sua expressão é calorosa e acolhedora, transmitindo simpatia e empatia para com aqueles ao seu redor.

Com uma estatura mediana e uma postura ereta, George exala uma presença segura e elegante. Sua vestimenta, geralmente composta de peças modernas e casuais, reflete seu estilo pessoal despojado e contemporâneo, sem deixar de lado a elegância e o bom gosto.

No conjunto, George é um jovem que combina beleza física, charme e carisma, conquistando a admiração daqueles que têm o prazer de conhecê-lo. Sua aparência reflete não apenas sua juventude e vigor, mas também sua personalidade cativante e autêntica, tornando-o uma figura inesquecível e envolvente. Cristão e conservador, criado em um ambiente ético e com fortes valores morais, sua criação em um lar onde o pai era um pastor evangélico e a mãe uma professora de Literatura provavelmente teve um impacto significativo em sua personalidade e seus interesses. Sendo criado dentro da ética protestante, George aprendeu desde cedo a valorizar a honestidade, a integridade e o respeito pelos outros, provavelmente foi ensinado a seguir princípios religiosos e a aplicá-los em sua vida cotidiana, sua educação religiosa pode ter despertado nele uma forte conexão com sua fé e uma busca por uma vida virtuosa.

George também foi influenciado pela presença de sua mãe, uma professora de Literatura, essa influência estimulou seu amor pela aprendizagem e pela busca pelo conhecimento. Desde cedo ele demonstrou um interesse em estudar e se dedicar aos estudos, mostrando uma inclinação natural para o aprendizado como um jovem estudioso. George pode ser descrito como disciplinado, focado e determinado, ele valoriza a educação como uma ferramenta para o crescimento pessoal e profissional, sua dedicação aos estudos também pode refletir sua vontade de se destacar e alcançar seus objetivos na vida.

Além disso, como um jovem cristão e conservador, George tem uma visão de mundo baseada em princípios tradicionais e valores familiares, ele é visto como alguém que valoriza a estabilidade, a tradição e a preservação dos valores morais, sua fé e suas crenças religiosas podem desempenhar um papel central em seu estilo de vida e em suas escolhas. Desde o momento em que colocou os olhos em Augusta, uma mulher exuberante próxima dos 29 anos, ele se viu completamente apaixonado, seus olhos brilhavam toda vez que a encontrava, sua voz tremia quando conversavam e seu coração batia descompassado sempre que estava perto dela. Augusta, por outro lado, pode ser descrita como uma mulher com personalidade forte e independente, sua criação em um lar onde o pai foi hippie e a mãe era uma mulher libertária e sindicalista atuante certamente influenciou sua visão de mundo e suas atitudes. Augusta cresceu em um ambiente de liberdade e questionamento dos padrões estabelecidos, isso desenvolveu sua mentalidade aberta e sua vontade de desafiar as normas sociais, ela aprendeu a valorizar a liberdade individual e a buscar seu próprio caminho na vida.

A influência de sua mãe, uma mulher trabalhadora e sindicalista atuante, também moldou a personalidade de Augusta, ela cresceu vendo sua mãe lutar pelos direitos dos trabalhadores e pela igualdade social. Isso despertou em Augusta um senso de justiça e uma vontade de ajudar os outros, vem daí sua escolha pelo curso de Direito e por formar-se advogada, com base em sua criação. Augusta é descrita como uma pessoa determinada e corajosa, ela aprendeu desde cedo a lutar por suas convicções e a não ter medo de desafiar as convenções sociais. Sua educação também despertou seu espírito ativista e sua vontade de fazer a diferença no mundo.

Além disso, Augusta desenvolveu uma personalidade resiliente, aprendendo a superar os obstáculos e a enfrentar as adversidades da vida. Sua mãe, trabalhando como caixa de supermercado até o fim da vida, lhe ensinou a importância do trabalho árduo e da persistência, era uma jovem independente e determinada. Embora fosse admirada por muitos, seu coração permanecia fechado para o amor, ela apreciava a companhia de George, mas apenas como um amigo próximo, tinha objetivos diferentes em mente e não conseguia enxergá-lo como um parceiro romântico.

George, ao entrar na Confeitaria Doce Maior, cumprimentou dona Maria, a proprietária, observou sua amada em uma mesa no canto e dirigiu-se a ela.

George nunca esqueceu o momento em que seus olhos encontraram Augusta pela primeira vez. Ela era uma mulher um pouco mais velha que ele, com uma beleza fora do comum que parecia iluminar o ambiente ao seu redor. Enquanto observava Augusta, George se viu cativado por sua presença magnética e pela determinação que transbordava de cada gesto e olhar.

Augusta, com sua postura confiante e sua dedicação às atividades estudantis, era um exemplo de determinação e foco para todos ao seu redor. George admirava a maneira como ela abraçava os desafios acadêmicos com paixão e resiliência, sempre buscando superar seus próprios limites.

À medida que o tempo passava, George descobria que sua admiração por Augusta ia muito além de sua beleza física. Ele se encantava com a inteligência dela, com a forma como ela expressava suas ideias de maneira clara e assertiva e com a sensibilidade que demonstrava em suas ações diárias.

A cada encontro, George sentia seu coração bater mais forte na presença de Augusta. Ele se via sorrindo involuntariamente ao ouvir sua risada contagiante e ficava perdido em seus olhos profundos, refletindo a determinação e a bondade que habitavam sua alma.

Augusta irradiava uma juventude de espírito e uma vivacidade que encantavam George profundamente. Ele sonhava com momentos ao lado dela, compartilhando conversas estimulantes e desafiando-se mutuamente a crescer e evoluir juntos.

E assim, sem perceber, George se via cada vez mais apaixonado por Augusta, não apenas pela mulher extraordinária que ela era, mas também pela forma como ela o inspirava a ser a melhor versão de si mesmo. Em seu coração, ele sabia que a presença de Augusta em sua vida era um presente precioso que ele jamais poderia esquecer.

No verão, todos os associados do Campestre Tênis Clube desfrutavam das piscinas, talvez um reflexo de um pensamento atávico, já que existe a teoria de que a vida humana surgiu das águas. Assim, sempre que possível, retornamos a um ambiente aquático. Mas isso é uma outra história. O que quero dizer é que no clube acontece o concurso de Rainha das Piscinas e, no ano em que Augusta foi para a faculdade, ela venceu o concurso, deixando George ainda mais apaixonado.

— Oi, Augusta. Que boa surpresa te ver, posso sentar contigo?

— Claro, George. Sinta-se à vontade.

— Bem, na verdade, eu queria aproveitar a oportunidade para falar com você sobre algo que tem martelado na minha mente ultimamente. Espero não estar sendo inconveniente.

— Não se preocupe, George. Estou aqui para ouvir. O que está te incomodando?

— É que tenho sentido algo muito forte, algo que não consigo mais ignorar. Desde que nos conhecemos, tenho percebido que nossa convivência vai além da amizade. Sinto que há uma conexão especial entre nós e não consigo mais esconder meus sentimentos.

— George, eu não esperava por isso. É um momento inesperado, mas eu aprecio sua sinceridade. Eu valorizo muito nossa amizade e é importante para mim manter essa conexão que construímos.

— Entendo, Augusta. Respeito sua posição e sua amizade é algo que prezo muito. Não queria te deixar desconfortável, apenas precisava compartilhar meus sentimentos. Sei que as coisas não podem mudar da noite para o dia, mas queria que soubesse.

— George, considero sua honestidade e o respeito que temos um pelo outro. Vamos continuar cultivando essa amizade que temos e quem sabe o tempo nos mostre o caminho.

— Com certeza, Augusta. Obrigado por compreender e por ser tão receptiva, sempre com este sorriso acolhedor. Estou feliz por termos tido essa conversa. Espero que possamos seguir em frente juntos, independentemente do que aconteça.

Augusta e George concentraram-se no cardápio e George disse que ia pedir o mesmo doce que Augusta estava comendo. Trocaram algumas palavras e Augusta se retirou desejando boa tarde a George com um sorriso no rosto.

Duas ou três vezes por semana, Augusta pegava seu carro e se deslocava rumo à cidade grande, localizada a cerca de 80 km de Itaberá. Lá, ela dizia para todos que trabalhava em um escritório de advocacia renomado, envolvida em casos complexos e emocionantes, seus colegas de trabalho imaginários e os processos legais fictícios eram detalhados com tamanha precisão que ninguém questionava sua história. O que ninguém sabia é que, na realidade, Augusta tinha outro ofício completamente diferente. Nas sombras, Augusta, uma mulher aparentemente comum que reside em Itaberá, escondia um segredo obscuro em sua vida, ela deixava a tranquilidade da cidade interiorana para se aventurar em um bairro perigoso na cidade grande, onde era sócia de uma boate frequentada por pessoas de caráter duvidoso e com histórico de passagem pela polícia. Nessa boate, Augusta se envolvia com uma multidão que vivia à margem da sociedade, onde o perigo e a adrenalina eram constantes. Augusta imergia nesse mundo sombrio, ajudando a administrar o estabelecimento e, às vezes, tramando parte em negociações arriscadas e duvidosas.

A Boate Spectro Bar é um lugar de atmosfera misteriosa e envolvente, onde a noite ganha vida e os segredos se escondem nas sombras. Ao adentrar o estabelecimento, os visitantes são recebidos por uma aura de mistério que paira no ar, criando uma sensação de suspense e excitação. O ambiente é iluminado por uma luz suave e difusa, que destaca os contornos das mesas e dos balcões, criando um cenário sofisticado e sedutor. A música pulsante e envolvente preenche o espaço, embalando os frequentadores em um ritmo hipnotizante que os convida a dançar e se entregar à noite.

O cheiro gostoso da bebida permeia o ar, misturando-se com o aroma de incenso e tabaco, criando uma fragrância única e inebriante. Os coquetéis coloridos e os destilados finos são preparados com maestria pelos bartenders, que acrescentam um toque de magia e criatividade a cada drinque servido.

Os sons da noite ecoam pelas paredes da boate, criando uma sinfonia de risadas, conversas animadas e batidas de música que se fundem em uma melodia vibrante e contagiante. Os frequentadores se deixam levar pela atmosfera eletrizante e energética, entregando-se à diversão e à liberdade que a noite proporciona.

Na Boate Spectro Bar, a noite é repleta de segredos, paixões e mistérios, os sentidos são aguçados e as emoções são intensas. É um lugar onde o tempo parece se diluir e as histórias se entrelaçam, criando um cenário único e inesquecível para os que buscam uma experiência noturna inigualável.

Os moradores de Itaberá, que a conheciam como uma mulher gentil e prestativa, jamais suspeitariam do verdadeiro papel de Augusta na cidade grande, ela mantinha uma fachada impecável, escondendo suas atividades noturnas daqueles que a viam como uma figura confiável e respeitada. A cada retorno a Itaberá, Augusta guardava cuidadosamente os segredos da boate em um compartimento obscuro de sua mente, ela voltava à sua vida cotidiana, ajudando seus vizinhos, participando de eventos comunitários e mantendo sua imagem intocada. George, que desconhecia completamente as atividades além da área do Direito de Augusta, tentava de todas as formas conquistar seu coração. Ele a convidava para encontros, escrevia cartas apaixonadas e até mesmo lhe dedicava músicas, no entanto, todas as tentativas românticas pareciam resvalar no coração de Augusta, incapaz de despertar qualquer sentimento além da amizade.

À medida que o tempo passava, George se sentia cada vez mais desanimado, ele estava ciente de que não se pode forçar o amor, mas seu coração se recusava a aceitar a realidade. George não conseguia imaginar sua vida sem Augusta, mas também não conseguia mais suportar a dor que a falta de reciprocidade lhe causava.

Um dia, George decidiu que era hora de seguir em frente, ele percebeu que precisava encontrar sua própria felicidade, mesmo que isso significasse abrir mão do amor que sentia por Augusta. George se dedicou a cultivar novas amizades, explorar novos hobbies e focar em sua própria realização pessoal, isso o levou a fazer um curso na cidade grande. George era um homem gentil e sonhador, cujo coração estava repleto de amor não correspondido por Augusta. George a admirava de longe, encantado por sua beleza e encanto, mas sabia que suas chances de conquistar o coração dela eram mínimas. Determinado a superar essa paixão dolorosa, George decidiu se dedicar a uma nova jornada, escolheu fazer um curso de Técnico em Computação. A computação sempre o fascinou e George sabia que mergulhar nesse mundo tecnológico poderia ajudá-lo a desviar seus pensamentos de Augusta. Ele se matriculou em uma escola de tecnologia e se esforçou para absorver todos os conhecimentos que o curso oferecia. Ao longo das aulas, George descobriu um universo de possibilidades na computação, aprendeu programação, desenvolvimento de software, redes de computadores e muito mais, cada novo conhecimento adquirido o envolvia ainda mais, preenchendo o vazio em seu coração com a emoção de desvendar os segredos da tecnologia.

À medida que George se aprofundava no curso, ele percebia que sua paixão por Augusta começava a desvanecer. Acompanhar os avanços e desafios da computação o mantinha motivado e focado, afastando gradualmente os pensamentos que antes o atormentavam.

Com o passar do tempo, George começou a aplicar seus conhecimentos em projetos práticos, George desenvolvia aplicativos, criava sites e colaborava com colegas em iniciativas inovadoras. A cada desafio superado, sentia-se mais confiante e realizado, percebendo que havia encontrado uma nova paixão em sua vida.

Enquanto George se dedicava ao mundo da computação, Augusta permanecia como uma lembrança distante. George percebeu que, ao focar em seu crescimento pessoal e profissional, estava se libertando do amor não correspondido que tanto o atormentava. George aguarda que, ao final do curso, se transforme em um talentoso técnico em Computação, pronto para enfrentar novos desafios e seguir em frente, deixando para trás a dor do amor não correspondido. George seguiu adiante, abraçando as oportunidades que o mundo da computação lhe oferecia, ele projetou uma carreira gratificante e conheceu novas pessoas que compartilhavam de sua paixão. Quem sabe, em algum momento, ele encontraria um novo amor que preenchesse seu coração e o fizesse esquecer definitivamente Augusta.

A DUALIDADE DE AUGUSTA

Nas noites em que a cidade dorme, Augusta assume uma identidade completamente diferente, ela se transforma em uma mulher sedutora e misteriosa, envolvendo-se com o lado sombrio da vida noturna. Sua boate é um refúgio para aqueles que buscam escapar da monotonia e da moralidade convencional, mas a verdadeira Augusta permanece escondida nas sombras.

Enquanto navega por esse mundo obscuro, Augusta mantém um relacionamento clandestino com Fernando, um médico que desconhece sua vida em Itaberá. O amor proibido que compartilham é uma chama ardente que queima entre eles, mas também uma fonte constante de culpa e medo. Augusta luta com seus próprios demônios, debatendo-se entre a vida que escolheu e a vida que deveria levar, ela sabe que suas ações são moralmente questionáveis e que está arriscando tudo o que construiu em Itaberá, mas a atração pelo perigo e pela adrenalina é irresistível. Enquanto Augusta se divide entre essas duas realidades, ela se esforça para manter as aparências e evitar que sua vida dupla seja descoberta. Augusta é uma mestra em ocultar suas verdadeiras intenções e em manter segredos bem guardados, no entanto, a pressão e o peso de suas escolhas começam a se tornar cada vez mais difíceis de suportar. A dualidade de Augusta a consome emocionalmente, deixando-a constantemente em uma corda bamba entre a satisfação de seus desejos mais obscuros e a necessidade de manter sua reputação intocada. Ela sabe que, mais cedo ou mais tarde, terá que enfrentar as consequências de suas ações e revelar sua verdadeira natureza.

Enquanto a vida dupla de Augusta se desenrola, ela se vê cada vez mais presa em um labirinto de mentiras e segredos. Ela questiona suas escolhas e se pergunta se poderá encontrar a redenção ou se está fadada a viver na escuridão de sua própria criação.

Na boate, Augusta encontra-se com o médico Fernando, ela mantém um relacionamento clandestino com ele, que está sendo processado por erro médico.

Essa dualidade coloca Augusta em uma posição delicada, ela deve equilibrar sua vida aparentemente perfeita em Itaberá com suas atividades obscuras na cidade grande. Ela precisa lidar com a pressão constante de manter sua verdadeira identidade em segredo enquanto enfrenta os desafios de sua vida dupla. A Boate Spectro Bar é um local repleto de perigos e tentações, Augusta sabe que precisa manter um olhar atento sobre seu sócio e os frequentadores para evitar que sua reputação seja manchada e sua verdadeira identidade seja descoberta. Augusta está ciente de que a boate é um terreno fértil para problemas e escândalos e de que qualquer deslize pode colocar sua vida em Itaberá em risco.

Além disso, o relacionamento clandestino com Fernando acrescenta outro nível de complexidade à vida de Augusta, ela precisa equilibrar seu amor por ele com a necessidade de manter distância dos problemas jurídicos que ele enfrenta, a exposição pública de seu envolvimento com um médico processado por erro médico poderia arruinar sua reputação em Itaberá. A dualidade de Augusta é uma ameaça constante aos seus objetivos e à sua estabilidade, ela sabe que, em algum momento, terá que enfrentar as consequências de suas escolhas e lidar com as repercussões de sua vida dupla, o risco de ser descoberta e perder tudo o que conquistou é uma sombra que a persegue a cada passo. Para alcançar seus objetivos e superar essa dualidade, Augusta precisará tomar decisões difíceis e enfrentar seus medos mais profundos. Ela terá que escolher entre seguir seu coração e arriscar tudo ou abandonar sua vida dupla e buscar uma vida mais autêntica e honesta. O caminho para a redenção e para atingir seus objetivos será árduo e cheio de desafios.

Augusta precisará confrontar seus demônios internos, enfrentar as consequências de suas ações e buscar a reconciliação consigo mesma e com aqueles que ela afetou com sua dualidade. O futuro de Augusta está em suas mãos e ela terá que encontrar forças para superar os obstáculos e enfrentar as consequências de suas escolhas. A dualidade que a define pode ser sua maior ameaça, mas também pode ser a chave para sua transformação e crescimento pessoal.

Naquele final de tarde, Augusta chegou à Boate Spectro Bar e dirigiu-se ao escritório, lá encontrou Fernando. Augusta, uma mulher linda, estava vestida de forma elegante e imponente. Seu vestido longo e esvoaçante em tons escuros realçava sua silhueta esbelta e graciosa. Cada movimento era uma dança suave e hipnotizante, revelando uma postura segura e confiante.

Seu sorriso cativante iluminava o ambiente, transmitindo calor e acolhimento a todos ao seu redor. Os lábios levemente rosados curvavam-se delicadamente, emanando uma aura de doçura e encanto.

Seus olhos negros, profundos e penetrantes, brilhavam com uma intensidade magnética, revelando um universo de mistérios e emoções. É como se cada olhar contasse uma história, convidando os observadores a mergulharem em sua alma enigmática e cativante.

Essa mulher, com sua beleza exuberante e sua elegância natural, era uma presença marcante que despertava admiração e fascínio por onde passava. Sua combinação única de charme, graça e carisma a torna verdadeiramente inesquecível, deixando uma impressão duradoura em todos que têm o privilégio de cruzar seu caminho.

—Olá, Augusta. Que bom te ver, você está deslumbrante hoje.

— Oi, Fernando. Obrigada pelo elogio, você também está muito elegante.

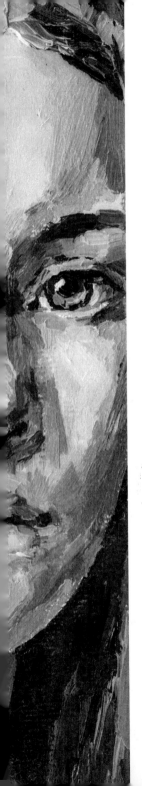

O ASSALTO

Era uma noite quente de verão quando Pedro e sua namorada, Bianca, passeavam tranquilamente pelas ruas da cidade. O clima festivo do bairro embalava o casal em suas conversas e risadas.

Bianca andava ao lado de Pedro e seus pensamentos diziam "Cada passo ao lado de Pedro é como um sonho realizado, um instante em que a realidade se funde com a fantasia, criando um cenário único de cumplicidade e encantamento. A leveza de nossas conversas e a sintonia dos nossos sorrisos refletem a magia de estarmos juntos, sem que precisemos romper a barreira do casual. A cada encontro, sinto-me envolta por uma aura de felicidade discreta, como se o simples ato de compartilhar o tempo fosse suficiente para colorir os meus dias. Cada passo ao seu lado é um capítulo de um livro de memórias que escrevemos juntos, em que a simplicidade dos momentos se transforma em lembranças que guardo com carinho em meu coração".

— A cidade ganha uma nova cor quando estou com você, Bianca. Seu sorriso ilumina tudo ao nosso redor e meu coração transborda de alegria só de estar perto de você.

— Eu nunca imaginei que poderia me sentir tão completa ao lado de alguém. Sua presença é como um abraço acolhedor que me faz sentir amada e protegida.

26

— Cada olhar, cada toque, cada momento compartilhado contigo é um presente precioso. Estar ao seu lado me faz acreditar no poder do amor e da conexão verdadeira entre duas pessoas.

— Eu te amo mais do que as palavras podem expressar. Você é minha luz, meu porto seguro, meu amor verdadeiro. Caminhar ao seu lado nas ruas é um sonho que nunca quero que acabe.

— Meu amor por você só cresce a cada dia. Prometo te amar, te respeitar e te fazer feliz todos os dias da minha vida. Nossos passos juntos por essas ruas são apenas o começo de uma jornada de amor e cumplicidade sem fim.

— Meu coração transborda de gratidão por ter você ao meu lado. Vamos seguir juntos, enfrentando os desafios e celebrando as alegrias da vida. Nosso amor é a razão da minha felicidade e não há lugar no mundo onde eu prefira estar além dos seus braços.

Mas tudo mudou em um instante, um assaltante surgiu do nada, exigindo seus pertences. O coração de Pedro acelerou e um frio percorreu sua espinha ao perceber a arma apontada diretamente para eles, em um ato de pânico, o ladrão disparou duas vezes, atingindo Bianca em cheio e Pedro no braço. A dor intensa tomou conta de seus corpos, enquanto o assaltante fugia às pressas, deixando-os feridos e desamparados na calçada. A escuridão da noite era um reflexo do turbilhão de emoções que Pedro sentia, enquanto lutava para manter-se consciente, seus pensamentos se voltaram para Bianca, que jazia ao seu lado, sangrando e lutando pela vida. Seu amor e preocupação por ela eram avassaladores.

A ajuda chegou, finalmente, a sirene distante de uma ambulância ecoou no ar, trazendo alívio e esperança, Pedro e Bianca foram levados às pressas para o hospital, onde a batalha pela sobrevivência se iniciaria. Durante semanas, Pedro ficou ao lado de Bianca, segurando sua mão e encorajando-a a lutar. Cada pequena melhora em seu estado de saúde era celebrada como uma conquista, a dor física era imensa, mas o sofrimento emocional era igualmente desafiador. Aquele fatídico assalto havia roubado não apenas suas vidas, mas também sua sensação de segurança e confiança no mundo.

O hospital se destaca por sua arquitetura convencional e sóbria, com linhas retas e janelas amplas que permitem a entrada de luz natural. Sua fachada imponente transmite uma sensação de seriedade e solidez, refletindo a importância do local como um espaço dedicado à saúde e ao bem-estar dos pacientes.

Ao adentrar os corredores do hospital, é possível perceber imediatamente o característico cheiro de produtos de higienização que permeia o ar. O aroma fresco e levemente cítrico dos desinfetantes e detergentes cria uma atmosfera de limpeza e assepsia, transmitindo uma sensação de segurança e cuidado com a saúde dos pacientes e funcionários.

O piso polido e brilhante reflete a luz das lâmpadas fluorescentes que iluminam os corredores, criando um ambiente claro e acolhedor. As paredes pintadas em tons neutros e os painéis informativos destacam a organização e a funcionalidade do espaço, facilitando a orientação dos visitantes e proporcionando um ambiente tranquilo e confortável.

O som dos passos apressados de profissionais de saúde e o murmúrio de conversas em tom discreto ecoam pelos corredores, criando uma atmosfera de movimento e atividade constante. A cada porta aberta, vislumbra-se o interior das salas de atendimento e dos quartos dos pacientes, onde a rotina hospitalar se desenrola com eficiência e cuidado.

No hospital, a seriedade e a dedicação dos profissionais de saúde cria um ambiente acolhedor e seguro para todos que buscam cuidados e tratamento médico. É um lugar onde a limpeza e a organização são prioridades, refletindo o compromisso com a saúde e o bem-estar daqueles que cruzam seus corredores.

Ao longo dos dois meses, Pedro conheceu outras vítimas de violência, suas histórias de sobrevivência e resiliência o inspiraram a encontrar forças dentro de si mesmo, ele entendeu que não poderia permitir que o trauma definisse sua vida e a de Bianca. Juntos decidiram que usariam essa experiência horrível como motivação para superar os obstáculos e encontrar um novo propósito. A recuperação foi lenta e dolorosa, mas o amor e a determinação de Pedro e Bianca nunca vacilaram, eles se apoiaram mutuamente, buscando a terapia e o apoio necessários para lidar com o trauma e reconstruir suas vidas, com o tempo, Pedro encontrou forças para compartilhar sua história e se tornar um defensor da segurança nas ruas, trabalhando com organizações locais para conscientizar sobre a violência e promover ações preventivas. Ele descobriu que canalizar sua dor em ações positivas ajudava a curar suas próprias feridas.

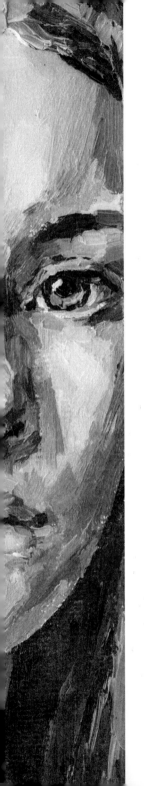

A REVIRAVOLTA NA SITUAÇÃO CLÍNICA DE BIANCA

Após uma breve melhora em seu estado de saúde e uma cirurgia bem-sucedida para a retirada do projétil, todos esperavam que o pior tivesse ficado para trás. Bianca parecia estar no caminho da recuperação, trazendo esperança e alívio para seus entes queridos, no entanto uma reviravolta inesperada abalou todos quando ela precisou ser submetida a outra cirurgia, que infelizmente não foi bem-sucedida. Após a primeira cirurgia, Bianca estava se recuperando gradualmente, sua força estava retornando e havia um brilho de esperança em seus olhos. O médico, Fernando, estava otimista e acreditava que ela estava no caminho certo para uma recuperação completa, sua família e seus amigos também se encheram de esperanças, imaginando um futuro em que Bianca poderia voltar a desfrutar de uma vida plena e saudável.

Essa esperança foi rapidamente substituída por preocupação e angústia quando uma complicação inesperada surgiu, Bianca começou a apresentar sintomas preocupantes, indicando que algo não estava certo em seu corpo. Fernando decidiu que uma segunda cirurgia era necessária para investigar e corrigir o problema. A tensão e o medo tomaram conta de todos enquanto Bianca era levada para a sala de cirurgia mais uma vez, esperava-se que essa cirurgia fosse apenas uma etapa adicional para garantir sua total recuperação, no entanto, infelizmente, as coisas não saíram como planejado.

Após horas de cirurgia, a equipe médica saiu da sala com expressões sombrias e rostos cansados, o procedimento não atingiu o resultado desejado e Bianca estava em uma situação ainda mais delicada do que antes. A notícia foi um golpe devastador para sua família e amigos, que estavam esperando por um desfecho positivo após tantas provações. Agora todos estão enfrentando uma nova realidade, repleta de incertezas e temores, Bianca está lutando pela vida e cada dia se torna uma batalha árdua e desafiadora. A família está unida, buscando forças uns nos outros e apoiando Bianca incondicionalmente, Fernando e sua equipe de médicos estão explorando todas as opções possíveis, buscando soluções para reverter a situação e oferecer uma chance de recuperação.

Enquanto isso, a ansiedade e a angústia pairam sobre todos que amam Bianca. A esperança que antes iluminava seus corações agora está turvada pela tristeza e pela incerteza, cada momento se torna precioso, todos estão lutando para encontrar forças para enfrentar essa nova adversidade. A situação clínica de Bianca é um lembrete doloroso de como a vida pode ser frágil e imprevisível, no entanto sua luta também é um testemunho de coragem e resiliência. Mesmo diante de grandes desafios, ela continua a lutar, inspirando todos ao seu redor a permanecerem unidos e a acreditarem em milagres.

Nesse momento difícil, a família de Bianca e seus familiares se agarram à esperança e à fé, todos eles sabem que o caminho para a recuperação pode ser longo e tortuoso, mas estão determinados a enfrentar todas as adversidades juntos. Toda a família permanecem ao lado de Bianca, prontos para apoiá-la a cada passo do caminho, na esperança de que um dia possam celebrar sua vitória sobre essa terrível provação. A jornada de Bianca ainda está longe de terminar e somente o tempo dirá qual será o seu desfecho, enquanto isso, todos ao seu redor permanecem unidos em amor e esperança, prontos para enfrentar qualquer desafio que se apresente em seu caminho.

Dois meses se passaram desde a fatídica noite em que Fernando lutou para salvar a vida da jovem vítima, no entanto, mesmo com todo o seu esforço e a habilidade médica, a situação clínica era grave demais para ser superada, a jovem não resistiu e partiu, deixando um vazio imenso em todos os corações.

Fernando, abalado emocionalmente, tentou encontrar paz na certeza de que havia feito tudo o que estava ao seu alcance, ele havia dedicado horas incansáveis no bloco cirúrgico buscando salvar a vida daquela jovem, mas a dor de não ser bem-sucedido continuava a assombrá-lo. Um dia, quando Fernando menos esperava, recebeu uma intimação da Justiça para prestar depoimento sobre o caso. A notícia caiu como um balde de água fria, inundando-o de angústia e incerteza. Fernando sabia que precisava enfrentar as consequências de seus atos, mas a perspectiva de ser acusado de erro médico era avassaladora. Com um nó na garganta, Fernando compareceu ao tribunal no dia marcado, pronto para encarar as perguntas e as acusações, sentou-se no banco das testemunhas e sentiu o peso do juramento que prestou, prometendo dizer a verdade, toda a verdade.

CONFIDÊNCIAS

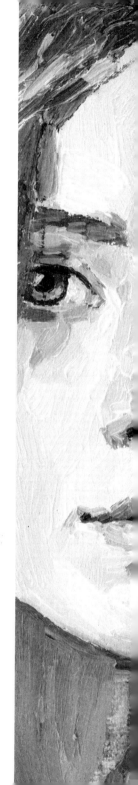

Naquela noite de terça-feira, Fernando, o médico com um ar de galã de cinema, dirigiu até a Boate Spectro Bar para visitar Augusta, sua amante e confidente. Eram 23h e o ambiente estava envolto em uma atmosfera misteriosa, com luzes neon e música pulsante. Augusta estava em seu camarim, preparando-se para mais uma noite agitada, quando recebeu a notícia de que Fernando havia chegado. Ela sorriu e deixou o camarim, dirigindo-se ao interior da boate, ansiosa para encontrar seu amante. Quando os olhares de Augusta e Fernando se encontraram, uma faísca de desejo passou entre eles, Fernando era um homem charmoso, com um sorriso cativante e olhos penetrantes, tinha um magnetismo que atraía as pessoas ao seu redor, e Augusta não era exceção. Os dois, após alguns drinques e conversas com alguns frequentadores, saíram da boate e entraram no carro de Fernando, no caminho, conversaram animadamente, compartilhando risadas e histórias. Eles tinham uma conexão especial, uma amizade íntima que transcendia o aspecto físico de sua relação.

Chegando ao motel de sempre, Fernando parecia nervoso, Augusta percebeu sua inquietação e o encorajou a falar sobre o que estava acontecendo. Fernando suspirou profundamente e começou a contar sobre um episódio angustiante no hospital em que trabalha, explicou que estava sendo acusado de erro médico pela família de uma jovem que havia falecido durante uma cirurgia. Ele estava devastado com a situação, sentindo-se culpado e temendo as consequências legais e profissionais que poderiam surgir. Augusta ouviu atentamente, segurando a mão de Fernando para transmitir apoio, ela conhecia a pressão e as responsabilidades que um médico enfrentava e entendia o peso que carregava em seus ombros.

Enquanto Fernando desabafava, Augusta oferecia palavras de conforto e encorajamento, ela o lembrava de sua competência como médico, de todas as vidas que havia salvado ao longo dos anos, afinal ela era sua maior admiradora e acreditava em seu talento. Com o coração mais leve, Fernando agradeceu a Augusta por estar sempre ao lado dele, como uma amiga verdadeira e confidente, ele sabia que podia contar com ela para compartilhar suas preocupações e encontrar consolo em momentos difíceis. Após a conversa, eles decidiram aproveitar o tempo que tinham juntos da melhor maneira possível, deixaram os problemas de lado e se entregaram a uma noite de paixão e carinho, trocaram abraços e beijos calorosos em uma noite de conexão mútua.

Augusta e Fernando encontraram refúgio e amparo mútuo em meio às turbulências de suas vidas, eles sabiam que podiam contar com a reciprocidade entre eles, não apenas como amantes, mas também como amigos de confiança. Enquanto o amanhecer se aproximava, Augusta e Fernando se despediram com um beijo carinhoso, prometendo estar sempre presentes um ao lado do outro, independentemente dos desafios que o futuro lhes reservasse. Naquele momento, eles encontraram consolo e conforto um no outro, uma tábua de salvação em um mundo cheio de incertezas. Juntos eles enfrentariam os obstáculos que a vida lhes preparava conscientes de que podiam contar mutuamente com apoio e amor.

— Estou feliz por podermos conversar. Eu quero que saiba que tenho algo importante para lhe dizer.

— O que é, Augusta? Estou curioso para saber o que você tem a dizer.

— Eu preciso te contar que já atuei no tribunal, defendendo pessoas e obtendo sucesso nas minhas causas. Tenho experiência nesse tipo de situação e acredito que posso te ajudar.

— Sério? Não fazia ideia de que você tinha esse talento, Augusta. É reconfortante saber que tenho alguém com tanta determinação ao meu lado.

— Sim, Fernando. Eu tenho convicção de que podemos vencer essa batalha juntos. Acredito na sua inocência e estou disposta a lutar por você com todas as minhas forças.

— Suas palavras me trazem esperança e força para seguir em frente. Saber que tenho alguém tão competente e confiante ao meu lado me dá ânimo para enfrentar o que vier.

— Estamos juntos nessa, Fernando. Vamos enfrentar os desafios que surgirem com coragem e determinação. Eu prometo te defender com toda o meu conhecimento, habilidade e dedicação.

— Obrigado, Augusta. Sua confiança em mim e sua disposição em me ajudar significam mais do que palavras podem expressar. Vamos vencer juntos, estou certo disso.

— Vamos em frente, Fernando. Juntos somos mais fortes e tenho certeza de que alcançaremos a vitória. Conte comigo em todos os momentos, estarei ao seu lado para o que precisar.

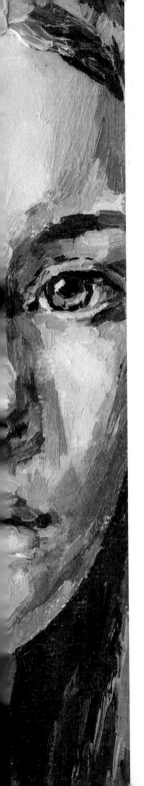

O JULGAMENTO

Na data marcada, Fernando compareceu ao Fórum local com sua advogada e amante, Dra. Augusta. Os advogados da família da jovem falecida lançaram perguntas difíceis e incisivas, buscando encontrar qualquer falha ou negligência em suas ações. Fernando, instruído por sua advogada, respondeu calmamente, explicando cada etapa do procedimento realizado e as decisões tomadas em busca de salvar a vida da paciente.

Ele descreveu o momento de angústia em que percebeu que era necessária uma segunda cirurgia, pois o ferimento era mais grave do que imaginava, a batalha frenética para estabilizá-la e a tristeza em seu coração quando não conseguiu mais recuperá-la e a perda chegou. Fernando deixou claro que havia feito tudo o que estava ao seu alcance, seguindo os protocolos médicos e tomando as melhores decisões possíveis. A sala do tribunal estava repleta de tensão e emoção, à medida que o depoimento avançava, Fernando olhava nos olhos dos jurados, transmitindo sua sinceridade e a dor que sentia pela perda da jovem. Ele sabia que sua reputação e carreira estavam em jogo, mas também entendia que a justiça era necessária para trazer algum alívio à família enlutada.

Durante o julgamento em que o médico estava sendo acusado de erro médico, a advogada de defesa,

Augusta, fez uma série de perguntas que contribuíram para sua inocência.

— Doutor Fernando, poderia nos explicar detalhadamente o procedimento médico realizado na paciente em questão?

— Sim, o procedimento realizado na paciente foi uma cirurgia de revascularização coronária, com o objetivo de restabelecer o fluxo sanguíneo adequado para o coração.

— O senhor seguiu todos os protocolos e as diretrizes médicas estabelecidas para o caso em questão?

— Sim, segui todos os protocolos e as diretrizes médicas estabelecidas para o caso, incluindo a avaliação pré-operatória completa e a escolha da técnica cirúrgica mais adequada ao quadro clínico da paciente.

— Havia algum fator externo que poderia ter influenciado o desfecho do procedimento médico?

— Não, não houve fatores externos que influenciaram o desfecho do procedimento. A cirurgia foi realizada em um ambiente controlado e seguindo todas as normas de segurança.

— O senhor realizou todas as investigações necessárias para garantir a segurança e o bem-estar da paciente?

— Sim, realizei todas as investigações necessárias, incluindo exames pré-operatórios, avaliação do estado clínico da paciente e discussão do caso com a equipe médica.

— Existia algum histórico clínico relevante da paciente que poderia ter impactado o resultado do procedimento?

— Sim, a paciente apresentava um histórico clínico de doença coronariana grave, o que foi considerado no planejamento e na execução da cirurgia.

— O senhor consultou outros profissionais da área médica antes de realizar o procedimento em questão?

— Sim, antes de realizar o procedimento consultei outros especialistas da área cardiológica para discutir o caso e garantir a abordagem mais adequada.

— Quais foram as medidas tomadas para mitigar os possíveis riscos associados ao procedimento médico?

— Foram adotadas medidas rigorosas de segurança, incluindo a preparação adequada da sala cirúrgica, a aplicação de técnicas assépticas e a monitorização contínua da paciente durante o procedimento.

— O senhor considera que agiu de acordo com a melhor prática médica e com a devida diligência no tratamento da paciente?

— Sim, considero que agi de acordo com a melhor prática médica e com a devida diligência no tratamento da paciente, com o objetivo de garantir o melhor resultado possível.

— Houve alguma falha ou erro sistêmico que poderia ter contribuído para o desfecho indesejado do procedimento médico?

— Não houve falhas ou erros sistêmicos que contribuíram para o desfecho indesejado. A equipe médica estava preparada e atuou de forma coordenada durante todo o procedimento.

— O senhor possui evidências ou registros que comprovem a sua conduta profissional durante todo o processo de tratamento da paciente?

— Sim, possuo registros detalhados de todo o processo de tratamento da paciente, incluindo as avaliações prévias, a realização da cirurgia e o acompanhamento pós-operatório, que comprovam a minha conduta profissional e responsável.

Essas perguntas foram feitas por Augusta para apresentar argumentos sólidos em defesa de Fernando, demonstrando sua competência profissional, diligência e comprometimento com a ética médica.

Os membros de sua equipe e da equipe de enfermeiras também foram questionados, corroborando as respostas do médico.

Fernando e sua advogada deixaram o tribunal com sentimentos mistos de exaustão e esperança, ele sabia que havia feito tudo o que estava ao seu alcance para salvar a jovem e esperava que sua explicação fosse suficiente para mostrar sua dedicação e profissionalismo. Os dias que se seguiram foram de grande ansiedade para Fernando, que aguardava a decisão do tribunal temendo o impacto que ela poderia ter em sua vida profissional e pessoal. Cada toque do telefone ou batida na porta aumentava seu coração, na expectativa de receber uma notícia que moldaria seu futuro.

Rebeca, esposa de Fernando, era uma mulher que vivia em um mundo próprio, alheia aos problemas e desafios que cercavam sua família, sua vida era pautada pelo luxo e pela aparência, deixando pouco espaço para preocupações além de si mesma. Durante o julgamento do caso que envolvia seu marido, Rebeca compareceu ao julgamento de forma desinteressada, demonstrando pouco envolvimento com as questões em jogo.

Enquanto o julgamento se desenrolava, Rebeca permanecia no banco da assistência, mas sua mente parecia estar em outro lugar, ela se preocupava mais com sua imagem e seu status social do que com a gravidade das acusações enfrentadas por seu marido, sua presença na sala do tribunal era apenas um reflexo de sua obrigação como esposa, mas seu desinteresse era evidente. Enquanto as testemunhas eram ouvidas e as evidências eram apresentadas, Rebeca parecia distante e desconectada, ela mexia em seu celular, distraída pelas redes sociais e pelas fotos dos eventos sociais de que costumava participar, suas conversas com amigos e influenciadores digitais pareciam mais importantes do que o destino de seu marido.

A falta de empatia de Rebeca era notória, ela não demonstrava interesse pelas pessoas envolvidas no caso, não se importava com as consequências das ações de seu marido e não parecia compreender a seriedade da situação. Sua visão superficial da vida e sua preocupação excessiva com a aparência e o luxo a tornavam incapaz de compreender a magnitude dos problemas que enfrentava, enquanto a família de Rebeca buscava apoio e consolo uns nos outros, ela continuava alheia à dor e à angústia que os cercavam, sua falta de conexão emocional com o marido e com a situação em si criava um abismo entre eles, tornando ainda mais difícil para Fernando enfrentar as acusações que pesavam sobre ele.

A atitude desinteressada de Rebeca durante o julgamento deixava claro que ela não estava preparada para enfrentar os desafios da vida ao lado de seu marido, sua falta de compaixão e empatia revelava uma personalidade egoísta, cujas prioridades estavam completamente desalinhadas com as verdadeiras necessidades de sua família. Enquanto o julgamento prosseguia, Rebeca permanecia alheia ao sofrimento e à incerteza que seu marido enfrentava, ela continuava a viver sua vida de aparências, preocupada apenas com seu próprio conforto e luxo. Sua presença vazia no tribunal era um lembrete doloroso do distanciamento emocional e da falta de comprometimento que existia entre eles.

A falta de envolvimento de Rebeca no julgamento não passava despercebida pelos outros envolvidos, seus olhos vazios e sua atitude desinteressada eram um contraste gritante com o sofrimento e a tensão que preenchiam a sala do tribunal, sua presença era apenas uma formalidade, um reflexo de sua posição como esposa do réu, mas sem qualquer verdadeiro interesse ou preocupação pelas consequências do processo. Enquanto o caso avançava, Rebeca permanecia desconectada, incapaz de compreender a gravidade da situação em que seu marido se encontrava, sua falta de empatia e sua busca incessante por luxo e aparências apenas a afastavam ainda mais da realidade, tornando-a uma figura distante e desinteressada em meio a um momento de crise.

Enquanto o julgamento se aproximava de seu desfecho, a verdadeira natureza de Rebeca se tornava cada vez mais evidente, sua falta de comprometimento e sua incapacidade de enfrentar os desafios da vida ao lado de seu marido deixavam uma sensação de vazio e desapontamento naqueles que a conheciam, a pergunta que pairava no ar era se algum dia Rebeca seria capaz de se conectar com o verdadeiro significado do amor e do compromisso matrimonial.

No entanto a vida é cheia de surpresas, e algumas delas são verdadeiros alívios. Após algumas semanas de expectativas, Fernando recebeu a notícia de que o tribunal havia considerado a sua atuação como médico dentro das normas aceitáveis, ele foi absolvido de qualquer acusação de erro médico, deixando-o com um misto de gratidão e alívio. Fernando, embora aliviado, sabia que uma ferida emocional ainda existia, a perda da jovem e o trauma do processo legal continuariam a acompanhá-lo, mas ele estava determinado a seguir em frente. Ele se comprometeu a honrar a memória da jovem, continuando sua dedicação à Medicina e aprendendo com cada experiência.

No final, esse capítulo da vida de Fernando serviu como um lembrete de que a justiça nem sempre é fácil ou imediata, mas é necessária para trazer algum tipo de resolução. Fernando continuaria a oferecer seu conhecimento e suas habilidades para salvar vidas, sabendo que a jornada de um médico é repleta de desafios, mas também de grandes recompensas e, assim, seguiu adiante, com a esperança de que cada vida que ele pudesse salvar seria uma homenagem àquela jovem que não pôde ser salva, estava determinado a transformar o trauma em força, trazendo cura e conforto para aqueles que precisavam de sua ajuda.

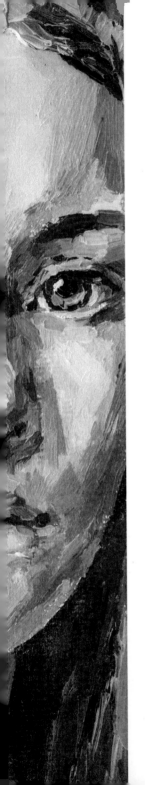

A COMEMORAÇÃO E AS REVELAÇÕES NA BOATE SPECTRO BAR

Após o resultado favorável do julgamento, em que Fernando foi absolvido das acusações, ele e Augusta decidiram comemorar o alívio e a vitória conquistada. Ansiosos em deixar para trás o peso do processo judicial, eles planejaram uma noite de celebração e Fernando foi ao encontro de Augusta na Boate Spectro Bar.

A Boate Spectro Bar era conhecida por sua atmosfera misteriosa e sedutora, localizada em uma área perigosa da cidade, era frequentada por pessoas de caráter duvidoso em busca de diversão e entretenimento. O que poucos sabiam era que Augusta, além de ser a amante de Fernando, era uma das sócias da boate, em uma parceria secreta com o misterioso Agnaldo.

Enquanto o casal adentrava o local, eles eram envolvidos por uma atmosfera envolvente, as luzes baixas e as batidas pulsantes da música criavam um cenário perfeito para a celebração. Augusta, com seu charme e sua elegância, era uma figura conhecida entre os frequentadores da boate, mas poucos sabiam da sua verdadeira ligação com Fernando. Enquanto aproveitavam a noite, dançando e brindando ao sucesso do julgamento, o médico sentiu-se intrigado pela presença de Agnaldo. Ele sabia que havia algo misterioso em torno desse homem, mas nunca havia se aprofundado em suas investigações, Agnaldo era conhecido por sua discrição e pela aura enigmática que o cercava.

Curioso para desvendar mais sobre Agnaldo e sua relação com Augusta, Fernando decidiu se aproximar dele. Agnaldo, percebendo a abordagem do médico, sorriu de maneira enigmática e convidou-o para uma conversa reservada. Eles se afastaram do barulho e das luzes da pista de dança, adentrando um espaço mais isolado da boate. Ali, Agnaldo revelou algumas verdades ocultas, explicou que a parceria com Augusta na Boate Spectro Bar era mais do que apenas um negócio. No passado, Agnaldo foi denunciado por assassinato e Augusta o defendeu de maneira primorosa, a advogada tinha ligações com o submundo e costumeiramente defendia marginais, livrando-os de condenação eminente. Isso se mantinha em segredo. Agnaldo também sabia do romance entre Augusta e Fernando, mas nunca havia revelado tal conhecimento.

Fernando ficou chocado com as revelações, ele não esperava que seu caso com Augusta estivesse tão intrinsecamente ligado a essa misteriosa parceria, a surpresa e a perplexidade encheram seus olhos, enquanto ele tentava assimilar a complexidade da situação.

Apesar de estar envolvido e descobrir as conexões obscuras entre Augusta, Agnaldo e a boate, Fernando percebeu que era impossível voltar atrás, ele estava irremediavelmente ligado a essa teia de segredos e intrigas. Agora não apenas sua vida profissional, mas também sua vida pessoal se tornavam cada vez mais complexas e cheias de incertezas.

— Agnaldo, como você está? Fazia tempo que não nos víamos.

— Olá, Fernando. Estou bem, obrigado. Na verdade, estive querendo falar com você sobre algo importante que aconteceu recentemente.

— Claro, Agnaldo. Vamos nos acomodar, onde poderemos conversar.

— Conheci Augusta há muitos anos passados, quando estava iniciando sua carreira de advogada e se ofereceu para me defender em um julgamento por assassinato. Eu sei que é um assunto delicado, mas eu confiei nela e aceitei sua ajuda.

— Augusta defendendo você em um caso de assassinato? Isso é surpreendente. Como foi a experiência?

— Foi incrível, Fernando. Augusta mostrou uma determinação e uma dedicação impressionantes. Ela se empenhou ao máximo, apresentou argumentos sólidos e conseguiu provar minha inocência. No final, fui absolvido de todas as acusações.

— Que notícia maravilhosa, Agnaldo. Fico feliz por você. Augusta realmente é uma advogada excepcional, capaz de lutar com garra e competência pelos seus clientes.

— Sim, sem dúvida. Ela não só demonstrou sua habilidade profissional, mas também sua compaixão e empatia. Estou profundamente grato por tudo que fez por mim.

— É bom saber que você teve um desfecho positivo nesse caso tão sério. Augusta é realmente uma profissional admirável e uma pessoa excepcional. Sua dedicação em garantir a justiça é louvável.

— Concordo plenamente. Estou muito agradecido por ter tido a sorte de tê-la como minha advogada, foi por essa época que a convidei para ser minha sócia na boate.

Enquanto Fernando e Agnaldo continuavam sua conversa, Augusta observava de longe, ciente de que os segredos estavam sendo revelados. Ela sabia que suas escolhas tinham consequências e que o destino de todos eles estavam interligados. A noite de comemoração se transformava em uma encruzilhada, cada decisão poderia alterar o rumo de suas vidas de maneira irreversível.

Enquanto os personagens principais dessa história se encontravam na Boate Spectro Bar, as engrenagens do destino continuavam a girar, trazendo revelações e desafios cada vez mais complexos. O que o futuro guardava para Fernando, Augusta e Agnaldo era uma incógnita, apenas o tempo revelaria os desdobramentos dessa trama intricada.

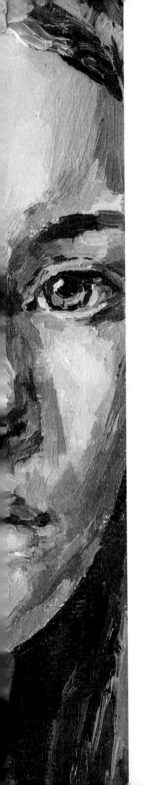

AUGUSTA E OS VISITANTES INDISCRETOS

O detetive particular Tony, disfarçado entre a clientela animada da Boate Spectro Bar, aproximou-se do bar e pediu um whisky, mantendo-se atento e observando a movimentação ao seu redor com a expectativa de avistar Fernando. Seu olhar constantemente voltado para a porta denotava uma postura de quem aguardava a chegada de alguém em especial, despertando a curiosidade do barman Flávio, um veterano e experiente funcionário que percebeu a atitude incomum do detetive.

O barman, atento às nuances do ambiente e acostumado a identificar comportamentos fora do comum entre os frequentadores da boate, decidiu relatar suas observações a Augusta. Com sua perspicácia e conhecimento do funcionamento do estabelecimento, Flávio compartilhou suas suspeitas com Augusta, ressaltando a postura intrigante do detetive, que parecia aguardar alguém com expectativa.

Diante do relato do barman, Augusta, uma mulher astuta e perspicaz, decidiu manter-se alerta e acompanhar de perto a movimentação na boate enquanto pedia ao barman que ficasse atento e continuasse com suas atividades rotineiras. A presença do detetive particular e suas ações suspeitas despertaram a curiosidade e a atenção de Augusta, que estava determinada a esclarecer qualquer situação que pudesse comprometer a reputação e o funcionamento da Boate Spectro Bar.

Enquanto Tony permanecia em seu disfarce, observando atentamente e aguardando a oportunidade ideal para confrontar Fernando, o clima de suspense e intriga se intensificava na boate, até o momento em que o detetive particular saiu da boate e foi conversar com alguns amigos na calçada, fora da boate.

Augusta retomava suas atividades normais de supervisão da boate, porém a presença do estranho e de seus amigos do lado de fora trazia um clima de tensão e mistério, criando uma aura de suspense e intriga ao redor daquele encontro inesperado. Os olhares curiosos e os sussurros entre os frequentadores indicavam que algo incomum estava acontecendo naquela noite. Enquanto a noite avançava, a atmosfera na boate parecia carregada de expectativas e segredos ocultos, deixando Augusta e os demais funcionários atentos a qualquer sinal de anormalidade. O estranho frequentador e seus amigos permaneciam do lado de fora, observando discretamente a movimentação, como se estivessem aguardando algo ou alguém.

O desfecho desse encontro inusitado entre Augusta e o estranho frequentador ainda era incerto, mas a sensação de suspense e mistério pairava no ar, prometendo revelações surpreendentes e reviravoltas inesperadas na trama que se desenrolava naquela noite, na Boate Spectro Bar.

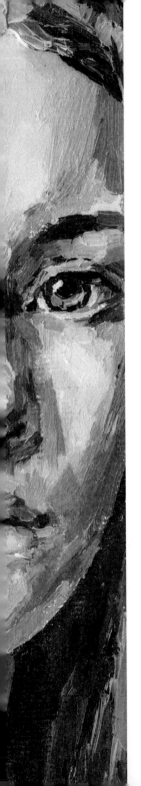

REBECA, A ESPOSA INCONFORMADA

Rebeca, desconfiada das constantes ausências de seu marido Fernando nas noites em que ele alegava ter plantão no hospital, decidiu contratar um detetive particular para descobrir a verdade sobre essas misteriosas saídas. Em uma ocasião específica, ao ligar para o hospital, Rebeca foi informada de que Fernando não estava de plantão naquela noite, o que aumentou ainda mais suas suspeitas e a motivou a investigar a situação. Para obter respostas concretas e esclarecer suas dúvidas, Rebeca optou por contratar um detetive particular especializado em casos de adultério. O detetive Tony, com sua expertise e recursos investigativos, iniciou minuciosamente a busca por informações que pudessem revelar o paradeiro de Fernando nas noites em que supostamente estaria no hospital.

Com habilidade e discrição, o detetive passou a monitorar os passos de Fernando, seguindo pistas e coletando evidências que pudessem confirmar ou refutar as suspeitas de Rebeca. Por meio de vigilância discreta e investigação de rotinas e entrevistas com possíveis testemunhas, o detetive se empenhou em desvendar o mistério por trás das atividades noturnas de Fernando.

À medida que a investigação avançava, segredos começaram a ser desvendados e revelações surpreendentes surgiram, levando Rebeca a confrontar a verdade sobre as atitudes de seu marido. O desfecho dessa investigação prometia trazer à tona revelações que poderiam mudar completamente o rumo da vida de Rebeca e Fernando, colocando à prova a solidez de seu relacionamento e a confiança mútua entre o casal.

Com o detetive particular Tony e seus amigos posicionados estrategicamente do lado de fora da Boate Spectro Bar, aguardando ansiosamente pela aparição de Fernando, a tensão no ar era palpável. O investigador, alerta e vigilante, observava atentamente cada movimento que acontecia ao redor do estabelecimento, esperando o momento certo para agir.

Finalmente o momento tão aguardado chegou, quando Fernando estacionou seu carro em frente à boate e adentrou o local. O detetive, agindo rapidamente, pegou seu celular e fez uma ligação urgente para Rebeca, informando-a de que Fernando havia entrado na Boate Spectro Bar e era o momento decisivo para confrontá-lo e esclarecer as suspeitas que pairavam sobre seu comportamento.

Com as mãos trêmulas e o coração acelerado, Rebeca recebeu a ligação do detetive, sentindo uma mistura de ansiedade e determinação. Diante da revelação de que seu marido estava na boate, em um local e uma situação que divergiam completamente de suas alegações, Rebeca sabia que era chegada a hora de confrontar Fernando e buscar a verdade sobre suas noites misteriosas.

Com coragem e determinação, Rebeca decidiu seguir o conselho do detetive e dirigiu-se à Boate Spectro Bar, preparada para finalmente confrontar seu marido e esclarecer os segredos que ele vinha guardando. Esse encontro prometia ser intenso e revelador, trazendo à tona a verdade.

No caminho para a boate, Rebeca ainda estava chocada com as revelações do detetive particular Tony, que contratara para descobrir a verdade sobre as noites de plantão de seu marido, Fernando. O fato de ele estar se encontrando com uma mulher da Boate Spectro Bar deixou Rebeca devastada, a traição de Fernando era uma verdade difícil de encarar, ainda mais considerando a reputação e as aparências pelas quais ela sempre prezou.

Apesar do impulso inicial de confrontar o marido e expor sua infidelidade, Rebeca se viu dividida entre a dor da traição e o medo das consequências de um escândalo público. Sua vida de socialite e o status que mantinha na alta sociedade eram parte fundamental de sua identidade, e a ideia de ter sua imagem manchada por um escândalo amoroso era assustadora.

Após refletir profundamente sobre a situação, Rebeca tomou uma decisão inesperada: optou por não confrontar o marido, em vez disso, decidiu guardar para si o segredo da traição de Fernando e manter as aparências de seu casamento intactas perante a sociedade. Embora a dor e a mágoa por sua descoberta continuassem presentes, Rebeca escolheu preservar sua imagem pública e a estabilidade de sua vida aparentemente perfeita.

Assim, Rebeca decidiu seguir em frente, mantendo a fachada de um casamento feliz e sem conflitos enquanto guardava consigo o peso do segredo que descobrira. Para ela, a manutenção das aparências e a preservação de sua vida confortável eram mais importantes do que confrontar a realidade dolorosa de uma traição conjugal. Assim, Rebeca continuou sua rotina social, escondendo o segredo que ameaçava abalar as estruturas de sua vida aparentemente perfeita. Fez uma ligação para o detetive Tony e disse para desmanchar o aparato todo, no dia seguinte acertaria a parte financeira com ele. Deu um retorno no carro e voltou para sua confortável casa, com sua vida de luxo e aparência intacta.

Após a difícil descoberta da traição de seu marido Fernando e a decisão de Rebeca de não o confrontar na boate, ela se viu em um estado de profunda angústia e confusão emocional. A sensação de traição e decepção a consumia e Rebeca não tinha com quem dividir seu sofrimento, pois a situação era delicada demais para compartilhar com amigos ou familiares.

Desorientada e em busca de uma forma de lidar com suas emoções tumultuadas, Rebeca recorreu a uma tentativa de escapismo, ela se refugiou em uma garrafa de whisky, buscando no álcool um meio de entorpecer a dor e o tumulto interno que a assolavam. A bebida a ajudou a adormecer, mas não foi capaz de afastar os pensamentos e sentimentos que a atormentavam.

No dia seguinte, Rebeca acordou com ressaca e uma sensação de vazio profundo. A lembrança da traição de Fernando e sua decisão de não o confrontar ainda ecoavam em sua mente, trazendo consigo uma mistura de sentimentos conflitantes. Sem ter com quem desabafar ou buscar conforto, Rebeca recorreu a uma forma de escape mais tangível, o consumo compulsivo.

Deslocada e solitária, Rebeca buscou nas lojas de luxo uma forma de preencher o vazio emocional que a consumia. Em um ato impulsivo, ela fez várias compras, talvez na tentativa de preencher a falta de conexão emocional com objetos materiais, buscando uma falsa sensação de conforto e felicidade nas compras e no luxo.

No entanto, mesmo diante das sacolas repletas de compras, Rebeca ainda se via confrontada com a dor da traição de seu marido e a sensação de solidão e desamparo. A compra compulsiva e o consumo exacerbado não foram capazes de preencher a ausência de sentimentos que ela sentia, deixando-a ainda mais perdida e vulnerável perante a situação delicada em que se encontrava.

A rotina de Fernando no hospital continuava sem maiores transtornos, com sua equipe médica sempre empenhada em buscar maneiras de aprimorar o atendimento aos pacientes. Em meio a esse cenário de busca constante por melhorias, surgiu a necessidade de incorporar um profissional de tecnologia da informação à equipe, a fim de lidar com questões relacionadas a informática e tecnologia no ambiente hospitalar.

Diante dessa demanda, Fernando comunicou à sua equipe que iria consultar um amigo seu, dono de uma escola de Tecnologia da Informação, em busca de uma indicação de um profissional competente na área de Informática. A escolha de buscar recomendações de alguém de confiança e com conhecimento na área evidenciava a preocupação do médico em garantir a contratação de um profissional qualificado e adequado às necessidades específicas do hospital.

A parceria entre a equipe médica e o profissional de Informática poderia trazer benefícios significativos para a instituição, permitindo a implementação de novas tecnologias, aprimoramento de sistemas de informação e otimização dos processos internos. A integração de conhecimentos médicos e tecnológicos poderia contribuir para uma abordagem mais eficiente e inovadora no atendimento aos pacientes, melhorando a qualidade dos serviços prestados pelo hospital.

Assim, a busca por um técnico em Informática qualificado era mais um passo em direção à modernização e melhoria contínua dos serviços de saúde oferecidos pela equipe liderada por Fernando, demonstrando o comprometimento do médico e de sua equipe em proporcionar um atendimento de excelência e atender às demandas cada vez mais complexas e tecnológicas da área da saúde.

George, em fase de conclusão de seu curso de técnico em Informática, dividia seu tempo ministrando aulas de Português no Colégio de Ensino Médio de Itaberá e atuando em algum projeto na área da Informática, dando suporte e manutenção de sistemas de computadores em lojas de Itaberá e em empresas da cidade grande, desenvolvendo tarefas relacionadas à resolução de problemas técnicos, como instalação de software, configuração de hardware, suporte ao usuário e segurança da informação. Por ser brilhante em suas atividades na área, chamou a atenção de Júlio, o amigo de Fernando e proprietário da escola de Tecnologia da Informação, onde George é aluno em conclusão do curso.

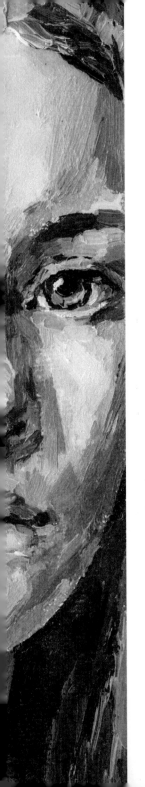

DILEMAS DE TONY

No caminho para encontrar Rebeca, o detetive Tony, após ter investigado a traição de Fernando na Boate Spectro Bar, foi confrontado com uma situação complexa e desafiadora que o levou a questionar suas convicções e a refletir sobre o mundo ao seu redor. Ele, que tem como função deslindar para seus clientes situações extremamente delicadas que levam, de modo geral, a desfechos não muito bons, ao longo de sua vida se viu confrontado com a realidade opressiva e alienante da sociedade, o que o levou a questionar suas crenças e a buscar respostas sobre o sentido da vida e da escolha das pessoas envolvidas.

O detetive Tony se deparou com a difícil tarefa de investigar a traição de Fernando, colocando em xeque sua ética, seus valores e sua visão de mundo. Tony foi confrontado com dilemas morais e emocionais que o obrigaram a refletir sobre a natureza da traição, da lealdade e da verdade, passando por um processo de autoconhecimento e transformação ao longo de sua jornada, enfrentando desafios que o obrigaram a questionar a ordem estabelecida e a buscar respostas dentro de si mesmo. As experiências do detetive Tony na investigação da traição de Fernando demonstram como o ser humano explora questões profundas sobre moralidade, identidade e liberdade individual.

Tony e Rebeca se encontraram para concluir o trabalho de investigação. O detetive entregou a Rebeca todas as provas incriminatórias, como fotos e vídeos comprovando os encontros do marido com sua amante, incluindo detalhes sobre o local e as circunstâncias dos encontros.

— Boa tarde, senhora Rebeca – disse Tony. – Estou aqui para entregar as provas da investigação sobre a possível traição conjugal do doutor Fernando.

— Boa tarde, detetive. Obrigada por vir até aqui. Por favor, entre. Estou ansiosa para saber o que descobriu.

— Antes de lhe entregar as provas, gostaria de ter uma conversa franca e honesta com a senhora. Essa situação é delicada e envolve questões éticas e morais que precisam ser discutidas.

— Compreendo, detetive. Por favor, sinta-se à vontade para falar o que achar necessário.

— A investigação revelou evidências que apontam para um relacionamento extraconjugal do doutor Fernando. Entendo que este é um momento extremamente difícil para a senhora e sei que lidar com questões de traição pode ser emocionalmente desgastante.

— Sim, detetive, é uma situação muito dolorosa. Nunca imaginei que pudesse acontecer algo assim. Mas agradeço por sua honestidade em me trazer essas informações.

— Compreendo sua dor, senhora Mendes. É importante lembrar que a honestidade e a transparência são valores fundamentais em qualquer relacionamento. A confiança é a base de um casamento e, quando essa confiança é quebrada, as consequências podem ser devastadoras.

— Sim, detetive. Concordo plenamente. A confiança é algo que não pode ser subestimado. E saber que houve uma quebra nesse aspecto é muito difícil de aceitar.

— É compreensível, senhora Rebeca. A traição é uma questão complexa que envolve não apenas questões emocionais, mas também éticas e morais. É importante refletir sobre o que significa ser fiel e leal a alguém que amamos.

— Sim, detetive. Essas reflexões são essenciais. Agradeço por trazer essas questões à tona e por me ajudar a refletir sobre o que é realmente importante em um relacionamento.

— Fico feliz por poder contribuir de alguma forma, senhora Rebeca. Se precisar de mais alguma informação ou apoio, estou à disposição. Lembre-se de que, no final, a decisão sobre como lidar com essa situação cabe à senhora.

— Muito obrigada, detetive. Suas palavras são reconfortantes. Vou refletir sobre tudo o que foi dito e decidir o melhor caminho a seguir. Agradeço por sua compreensão e sua ajuda nesse momento difícil.

— Estou aqui para ajudar no que for preciso, senhora Rebeca. Espero que encontre o caminho que lhe traga paz e resolução. Se precisar de mais alguma coisa, pode contar comigo.

Esse diálogo entre o detetive Tony e a esposa de Fernando aborda questões éticas e morais relacionadas à traição conjugal, destacando a importância da honestidade, confiança e reflexão em um relacionamento.

Apesar da delicadeza do assunto em pauta, Tony e Rebeca conseguiram manter uma conversa madura e respeitosa, compartilhando suas perspectivas e pontos de vista de forma cordial e objetiva. Ao final do encontro, eles se despediram de maneira protocolar, encerrando a colaboração profissional de forma profissional e respeitosa.

Rebeca recebeu o envelope, porém não o abriu, apenas guardou em sua bolsa, entregando ao detetive um cheque com o valor combinado pelo serviço.

O reencontro entre Tony e Rebeca foi marcado por uma troca de ideias e reflexões que vão além da simples apresentação das provas de traição, a discussão sobre ética, moralidade e as complexidades dos relacionamentos humanos acrescenta uma dimensão mais profunda à narrativa, explorando as nuances e dilemas éticos que permeiam a história de traição e investigação.

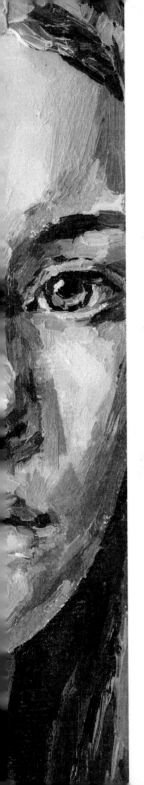

O ENCONTRO

Ao final de uma aula no curso de técnico em Informática, Júlio chamou George e informou sobre uma vaga em um hospital da cidade, disse que se George concordasse o indicaria à vaga e que ele deveria se apresentar para uma entrevista no dia seguinte.

— George, fico muito feliz em ver o seu progresso e dedicação durante o curso de Informática. Tenho uma excelente notícia para você.

— Olá, Júlio. Obrigado pelo apoio e pela oportunidade de aprender tanto aqui na escola. Que notícia incrível você tem para mim?

— Bem, tenho uma indicação muito especial. Um amigo meu, o doutor Fernando, é cirurgião-chefe em um hospital renomado da cidade. Ele está procurando por um profissional com suas habilidades e qualificações para integrar a equipe.

— Sério? Isso é maravilhoso! Estou realmente emocionado com essa oportunidade. O que devo fazer?

— Eu já falei com o doutor Fernando sobre você, George, e ele está muito interessado em te conhecer. Acredito que suas habilidades e sua dedicação serão muito valorizadas no ambiente hospitalar.

— Eu não tenho palavras para agradecer, Júlio. É uma chance incrível que você está me proporcionando. Vou me preparar da melhor forma possível para essa oportunidade.

— Fico feliz em poder te ajudar, George. Tenho certeza de que você irá se destacar no hospital, assim como fez aqui na escola. O doutor Fernando é um profissional excepcional, tenho certeza de que será uma experiência enriquecedora para você.

— Vou me esforçar ao máximo e honrar essa oportunidade, Júlio. Mais uma vez, obrigado por acreditar em mim e por abrir essa porta tão importante na minha carreira.

— Estou confiante de que você irá brilhar, George. Conte com o meu apoio e torcida sempre. Acompanharei de perto o seu sucesso nessa nova etapa profissional.

Ao ouvir sobre a vaga no hospital, George reconheceu a oportunidade de desenvolver seu trabalho em um ambiente onde poderia contribuir de forma significativa para a sociedade. Sua paixão por tecnologia e informática se alinhava com a missão de oferecer um suporte essencial para a equipe médica e aprimorar os serviços de saúde prestados aos pacientes.

Ao expressar seu interesse na vaga, George revelou não apenas sua vontade de crescer profissionalmente, mas também seu comprometimento em utilizar suas habilidades e conhecimentos em prol do bem-estar coletivo, sua disposição em assumir esse novo desafio demonstrava sua dedicação e entusiasmo para contribuir de forma positiva para a comunidade e para a evolução do sistema de saúde. O diálogo entre Júlio e George evidencia a importância da colaboração entre diferentes áreas profissionais para a melhoria contínua dos serviços prestados à sociedade, a indicação de George para a vaga no hospital representa uma oportunidade de sinergia entre a tecnologia da informação e a área da saúde, promovendo inovação, eficiência e qualidade no atendimento aos pacientes.

George saiu da sala do diretor Júlio ansioso para a entrevista no hospital e tomou providências para se preparar adequadamente. Ele ligou para a diretora da Escola onde é professor de Português e solicitou que ela providenciasse um substituto para suas aulas, pois não poderia comparecer devido a outros compromissos relacionados à entrevista.

Após resolver essa questão, George decidiu pesquisar sobre o Hospital São Patrício e a equipe que o entrevistaria no dia seguinte. Ele navegou na internet em busca de informações relevantes e ficou impressionado com o que encontrou. Por meio de sua pesquisa, George conseguiu ter uma visão mais clara sobre a estrutura e os valores do hospital, bem como sobre a equipe que faria parte do processo seletivo. Ao gostar do que viu durante a pesquisa, George se sentiu ainda mais motivado e confiante para a entrevista, ele reconheceu a importância de estar bem-informado sobre a instituição e as pessoas com as quais irá interagir, o que demonstra seu comprometimento e sua dedicação para garantir que está preparado para o encontro.

A atitude proativa de George, ao se organizar com antecedência, buscar informações relevantes e se preparar adequadamente para a entrevista, reflete sua determinação em conquistar a vaga no hospital, sua postura demonstra comprometimento, interesse genuíno e profissionalismo, características que certamente serão valorizadas durante o processo seletivo.

No dia e horário marcados para a entrevista, George chegou ao hospital com antecedência, demonstrando pontualidade e comprometimento, e se dirigiu à sala indicada. A sala de reuniões do hospital é um ambiente projetado para promover a comunicação eficaz, a tomada de decisões e a colaboração entre os profissionais de saúde e demais membros da equipe, localizado em uma área estratégica do hospital, próxima aos setores administrativos e de atendimento médico, facilitando o acesso e a participação dos envolvidos. Ao adentrar a sala de reuniões, os participantes foram recebidos por um espaço amplo e bem iluminado, decorado de forma sóbria e profissional.

As paredes são revestidas com quadros brancos ou painéis para apresentações visuais, onde informações importantes e pautas de reunião podem ser exibidas. No centro da sala, uma mesa grande e confortável é cercada por cadeiras ergonômicas, permitindo que os participantes se acomodem de forma adequada durante as reuniões. A disposição dos assentos favorece a interação e a troca de ideias entre os presentes, promovendo um ambiente colaborativo e produtivo. A sala de reuniões no hospital também está equipada com recursos tecnológicos, como televisão de tela plana, projetor, sistema de áudio e videoconferência, possibilitando a realização de apresentações, exibição de dados e comunicação com profissionais de outras unidades ou especialidades. Além disso, a sala conta com materiais de escritório, como canetas, papel, blocos de anotações e acesso à internet, garantindo que os participantes tenham todos os recursos necessários para registrar informações, tomar notas e compartilhar documentos durante as discussões. No geral, a sala de reuniões no hospital é um espaço funcional e acolhedor, projetado para facilitar a comunicação, a colaboração e a tomada de decisões entre os profissionais de saúde, gestores, equipe administrativa e demais envolvidos no gerenciamento e planejamento das atividades hospitalares.

Lá estavam Fernando e os demais membros da equipe responsáveis pela entrevista. Ao iniciar a entrevista, George se apresentou de forma confiante e proativa, destacando sua experiência e suas habilidades na área de tecnologia da informação. Ele aproveitou a oportunidade para fazer uma breve apresentação de alguns dos trabalhos que realizou anteriormente, demonstrando suas competências e conquistas profissionais. Durante a exposição de seus trabalhos, George compartilha detalhes sobre seus projetos, desafios enfrentados e soluções implementadas, evidenciando sua capacidade de inovação, resolução de problemas e contribuição para o desenvolvimento de sistemas e tecnologias.

A apresentação de seus trabalhos não apenas destaca suas habilidades técnicas, mas também sua capacidade de comunicação, organização e liderança. George demonstra seu interesse em contribuir de forma significativa para a equipe do hospital, alinhando suas competências com as necessidades e expectativas da instituição.

Ao final da entrevista, George deixa uma impressão positiva, mostrando-se como um candidato qualificado e engajado, pronto para integrar a equipe e colaborar para o avanço tecnológico e aprimoramento dos serviços de saúde oferecidos pelo hospital. Sua postura profissional e preparação adequada refletem seu comprometimento e determinação em conquistar a vaga.

George despediu-se da equipe do Hospital São Patrício, agradecendo a oportunidade de participar da entrevista e interagir com os profissionais. Ele fez questão de se despedir especialmente de Fernando, expressando sua gratidão pela recepção e pela oportunidade de mostrar seu potencial.

Ao deixar o hospital, George mencionou que ficaria aguardando algum comunicado em relação ao processo seletivo, demonstrando seu interesse e disponibilidade para seguir adiante no processo de seleção. Ele então decidiu pegar um táxi e se dirigir à rodoviária, pois tinha uma aula de Português agendada para uma turma do ensino médio naquela tarde.

Chegando à rodoviária, George se preparou para embarcar rumo a Itaberá, onde esperava compartilhar seus conhecimentos e experiências com os alunos. Sua dedicação em conciliar compromissos profissionais e acadêmicos revela seu comprometimento com a educação e seu desejo de contribuir para o aprendizado e desenvolvimento dos estudantes.

Ao longo do dia agitado, George demonstrou sua versatilidade e capacidade de gerenciar múltiplas responsabilidades, mostrando-se um profissional comprometido, dedicado e engajado em suas atividades. Sua jornada diversificada entre a entrevista no hospital e a aula de Português demonstra seu interesse em compartilhar seu conhecimento e habilidades em diferentes contextos e ambientes.

Após dar a aula para a turma do ensino médio, George decidiu fazer uma pausa e se dirigiu à Confeitaria Doce Maior para um breve lanche. O ambiente aconchegante e os aromas deliciosos da confeitaria trouxeram à tona lembranças afetivas da infância de George, quando sua mãe costumava levá-lo para desfrutar de doces e momentos especiais nesse local.

Ao entrar na confeitaria, George foi recebido pelo cheiro tentador de bolos, tortas e doces frescos, que despertaram nele sentimentos de nostalgia e conforto. Ele escolheu uma mesa próximo à janela, onde pôde apreciar a vista da rua movimentada e saborear tranquilamente seu lanche.

Enquanto degustava um pedaço de bolo e saboreava um café, George aproveitou o momento para relaxar e refletir sobre o dia agitado que teve, relembrando as experiências positivas da entrevista no hospital. A aula ministrada e a interação com os alunos, a presença na Confeitaria Doce Maior não apenas proporcionaram a George um momento de prazer gastronômico, mas também serviram como um refúgio emocional, conectando-o com lembranças felizes de sua infância e do carinho de sua mãe. A atmosfera acolhedora e familiar da confeitaria contribuiu para que George se sentisse em casa e recarregasse suas energias para os desafios que ainda viriam.

Após seu breve lanche na Confeitaria Doce Maior, George se despediu do local com o coração aquecido pelas lembranças afetivas e os bons momentos vividos ali, pronto para enfrentar o que o futuro lhe reservava.

Ao sair da Confeitaria Doce Maior, George avistou sua amada Augusta e seu coração se encheu de emoção ao vê-la. Mesmo com a alegria do encontro, ele decidiu seguir seu caminho em direção à sua casa, pois tinha um importante telefonema para fazer para seu tio Vicente, funcionário público da Secretaria da Saúde na cidade grande.

George reconheceu a necessidade de encontrar uma solução para a questão da hospedagem, caso fosse escolhido para o cargo na equipe de Fernando e precisasse ficar quase toda semana na cidade. Por isso, ele pretendia conversar com seu tio Vicente para verificar a possibilidade de ser hospedado na casa dele durante os períodos em que estivesse na cidade a trabalho. Ao chegar em casa, George pegou o telefone e fez a ligação para seu tio. Durante a conversa, explicou a situação e a necessidade de um local para se hospedar regularmente na cidade grande, caso fosse selecionado para a vaga no hospital. Ele demonstrou sua gratidão e confiança no tio, esperando que ele pudesse ajudá-lo nesse momento importante de sua carreira.

A atitude de George em buscar apoio familiar para resolver a questão da hospedagem reflete seu senso de responsabilidade e planejamento, mostrando sua disposição em garantir que estará bem acomodado para desempenhar suas funções com tranquilidade e eficiência. Após a ligação para seu tio e a confirmação com muita alegria de Vicente, George aguardou ansiosamente por uma resposta, confiante de que encontraria uma solução adequada para essa nova etapa de sua vida profissional.

Após o telefonema para seu tio Vicente, os pensamentos de George se voltaram para Augusta, sua paixão, e ele se questionou se um dia teria uma chance com a mulher que tanto ama. Mesmo após a passagem do tempo e acreditando ter superado essa fase de sua vida, George percebeu que sua paixão por Augusta permanecia viva em seu coração, despertando sentimentos profundos e incertezas sobre o futuro. Desconhecendo completamente a vida dupla de Augusta e seu relacionamento com Fernando, George se viu dividido entre o desejo de expressar seus sentimentos por ela e o temor de não ser correspondido ou de enfrentar obstáculos desconhecidos. Sua mente foi tomada por dúvidas e questionamentos sobre o que o destino reservava para o seu amor por Augusta.

A descoberta de que a paixão ainda arde em seu coração trouxe à tona emoções e lembranças que ele acreditava ter superado, mostrando que o afeto por Augusta é profundo e verdadeiro. George se via mergulhado em um mar de incertezas e anseios, questionando se algum dia teria a oportunidade de expressar seus sentimentos e buscar um relacionamento mais próximo com a mulher que ama. Diante desse turbilhão de emoções e da descoberta de seus sentimentos renovados por Augusta, George enfrentava um dilema interno sobre como lidar com essa situação e se abrir para as possibilidades do amor e da realização pessoal. O futuro de seu relacionamento com Augusta permanecia incerto, mas seu coração ansiava por uma chance de vivenciar esse amor, que o preenchia de esperança e sonhos.

No dia seguinte, George seguiu para a rodoviária bem cedo, como havia combinado por telefone com seu tio Vicente. No caminho, ele teve um encontro inesperado com Augusta, que estava em seu carro. Ela o viu, parou o veículo e cumprimentou George, perguntando o que ele estava fazendo tão cedo na rua. George respondeu a Augusta que estava indo para a cidade grande encontrar-se com seu tio Vicente. Surpreendentemente, Augusta revelou que também estava indo para a mesma cidade e se ofereceu para dividir a viagem com ele, dizendo que seria um prazer compartilhar o trajeto juntos.

George ficou surpreso e encantado com o convite de Augusta para viajarem juntos, ele aceitou a gentileza e agradeceu a companhia, sentindo-se animado e esperançoso com a oportunidade de passar mais tempo ao lado da mulher que ama. A viagem prometia ser um momento especial para ambos, proporcionando a chance de se conhecerem melhor e fortalecerem os laços entre eles. Enquanto seguiam juntos rumo à cidade grande, George e Augusta desfrutaram da companhia um do outro, compartilhando histórias, risadas e momentos agradáveis durante o trajeto. A proximidade e a cumplicidade entre eles cresceram, criando um clima de conexão e promessas de um futuro cheio de possibilidades e sentimentos intensos.

A viagem se revelou não apenas uma jornada física, mas também uma oportunidade para George e Augusta explorarem seus sentimentos e se aproximarem ainda mais, dando início a um capítulo emocionante em suas vidas, no qual o destino reservava surpresas e desafios, mas também a promessa de um amor verdadeiro e intenso.

Durante a viagem juntos, George compartilhou com Augusta a novidade de que estava aguardando uma resposta de uma equipe de cirurgiões para trabalhar como técnico em Informática, dando suporte para o grupo. Ele expressou seu entusiasmo com a oportunidade e a possibilidade de contribuir com seus conhecimentos e habilidades nesse ambiente tão especializado e desafiador. Ao ouvir a empolgação de George, Augusta demonstrou interesse e apoio em relação à nova oportunidade profissional dele, encorajando-o a seguir em frente e aproveitar ao máximo essa chance de crescimento e desenvolvimento na carreira.

Por sua vez, Augusta compartilhou uma história fictícia sobre um processo que estava acompanhando na cidade para onde estavam indo, ela revelou detalhes sobre seu envolvimento e a importância desse processo em sua vida, mostrando a George um lado mais pessoal e profundo de sua jornada. O compartilhamento de experiências e histórias durante a viagem fortaleceu a conexão, permitindo que ele e Augusta se conhecessem melhor e estabelecessem uma maior intimidade e confiança mútua, ambos demonstravam interesse genuíno nas conquistas e desafios um do outro, criando laços emocionais e fortalecendo a relação entre eles.

Ao chegarem à cidade, Augusta deixou George próximo à residência de seu tio Vicente e seguiu rumo ao fictício escritório de advocacia, sem revelar a ele sua condição de sócia da Boate Spectro Bar. George, sem saber dos negócios de Augusta na boate, agradeceu a companhia durante a viagem e se despediu, desejando a ela um ótimo dia de trabalho. Enquanto Augusta seguiu em direção à boate, George se dirigiu à casa de seu tio, ansioso pela reunião e em busca de uma solução para sua hospedagem durante suas estadias na cidade grande.

A revelação sobre a sociedade de Augusta na boate permanecia oculta para George, que seguiu com seus planos e expectativas em relação à oportunidade de trabalho na equipe de cirurgiões. Enquanto isso, Augusta mergulhava em suas atividades na boate, mantendo sua vida em Itaberá e na cidade grande separadas, sem revelar sua conexão com o estabelecimento.

A noite se desenrolou com George buscando acomodação e Augusta envolvida em suas responsabilidades na boate, cada um seguindo seu caminho sem saber das reviravoltas e coincidências que o destino reservou para suas vidas. O mistério em torno das vidas e segredos de Augusta prometia desdobramentos e surpresas à medida que suas histórias se entrelaçavam de maneira inesperada.

Ao chegar à casa do tio, George foi recebido de forma exultante por Vicente, diretor concursado da Secretaria da Saúde, e por dona Dulce, sua esposa. Vicente é um cidadão simpático e apreciador da boa cozinha, um gourmet que gosta de elaborar pratos deliciosos para deleite de sua esposa. O casal não possui filhos, portanto, a presença de George alegrará a casa e trará um novo ânimo ao ambiente familiar. Vicente e dona Dulce receberam George com carinho e entusiasmo, demonstrando alegria por tê-lo como hóspede e por desfrutar de sua companhia durante sua estadia na cidade grande.

A casa do tio de George é um charmoso sobrado de estilo clássico, com uma fachada imponente e elegante. Ao se aproximar, é possível perceber a beleza do jardim que circunda a residência, cuidadosamente mantido pela tia de George. O verde exuberante das plantas contrasta com o colorido vibrante das flores que enfeitam o caminho até a entrada principal.

Ao passar pelo portão, um aroma suave e agradável de rosas preenche o ar, revelando o cuidado e a dedicação com que são cultivadas no jardim. Cada pétala exala uma fragrância delicada e envolvente, criando uma atmosfera de serenidade e beleza.

Ao subir alguns degraus, chega-se à varanda da casa, decorada com vasos de flores nas janelas que emolduram a vista para o jardim. As cores vivas e a variedade de espécies florais trazem vida e alegria ao ambiente, criando um cenário encantador e acolhedor.

A varanda torna-se um refúgio tranquilo e aconchegante, onde se pode apreciar a beleza da natureza e relaxar com o som suave do vento que balança as folhas das árvores e o perfume das rosas que permeia o ar. É um lugar que convida à contemplação e ao descanso, proporcionando um momento de paz e calma em meio à agitação do dia a dia.

A hospitalidade e o afeto do tio Vicente e de dona Dulce proporcionaram a George um ambiente acolhedor e familiar, onde ele se sente bem-vindo e querido. A atmosfera calorosa e receptiva da casa do tio cria um cenário propício para momentos de convívio e compartilhamento de experiências entre os familiares. Enquanto Vicente preparava seus pratos gourmet para as refeições, George desfrutava da companhia e da hospitalidade de seus familiares, criando laços afetivos e fortalecendo os vínculos familiares. A estadia na casa do tio Vicente prometia ser marcada por momentos de alegria, conversas animadas e sabores deliciosos, proporcionando a George uma experiência acolhedora e memorável na cidade grande.

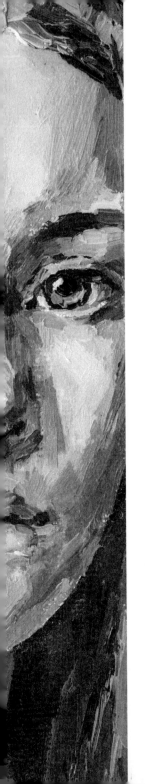

PROBLEMAS À VISTA

Flávio, o barman da Boate Spectro Bar, é conhecido por sua atenção aos detalhes e por estar sempre alerta durante as movimentadas noites na boate. Em uma dessas ocasiões, ele observou um rapaz se relacionando com vários frequentadores do local. Percebendo que o jovem estava vendendo drogas para os clientes, com sua experiência e conhecimento dos meandros da noite, Flávio ficou atento às atividades suspeitas que estavam ocorrendo na boate, mantendo-se vigilante para garantir a segurança e o bom funcionamento do estabelecimento. Ele sabe da importância de manter a ordem e coibir qualquer atividade ilícita que possa prejudicar o bom andamento dos negócios da boate.

Ao perceber a movimentação do rapaz vendendo drogas para os frequentadores, Flávio decidiu agir com discrição e cautela, observando de perto a situação e preparando-se para intervir, se necessário, a fim de garantir a integridade e o bem-estar dos clientes da boate. Com sua habilidade e perspicácia, Flávio estava determinado a manter a segurança e a tranquilidade na boate.

Após obter a confirmação de que o rapaz, conhecido como Nei, estava de fato vendendo drogas na Boate Spectro Bar, Flávio agiu com rapidez e, para lidar com a situação, ele chamou Augusta e o segurança Paulão para discutir as medidas a serem tomadas em relação ao comportamento suspeito de Nei. Augusta, ao ser informada da situação, demonstrou preocupação com a segurança da boate e chamou Agnaldo, disposta a resolver o problema e a garantir que os clientes não fossem perturbados no estabelecimento. Paulão, o segurança, preparou-se para agir conforme as orientações de Agnaldo, Flávio e Augusta, pronto para intervir se necessário para garantir a ordem e a tranquilidade na boate.

Juntos, Agnaldo, Flávio, Augusta e Paulão traçaram um plano de ação para abordar Nei e impedir que ele continuasse vendendo cocaína dentro da Boate Spectro Bar. Com base nas informações coletadas e na segurança dos frequentadores como prioridade, decidiram agir de forma assertiva e eficaz para resolver a situação e manter a integridade do estabelecimento.

Agnaldo e Augusta, em conjunto, abordaram Nei sobre quem o enviou para vender cocaína na Boate Spectro Bar. A gravidade da situação exigiu uma abordagem direta e objetiva para esclarecer a origem e a responsabilidade pelas atividades ilícitas dentro do estabelecimento. Com seriedade, Agnaldo e Augusta pressionaram Nei a revelar a identidade da pessoa que o enviou para realizar tais atos na boate, buscando desvendar o envolvimento de terceiros e identificar possíveis responsáveis pelo comércio ilegal de drogas no local.

Nei, um homem de poucos escrúpulos, estava sentado em um canto escuro da Boate Spectro Bar, com um olhar astuto e um sorriso malicioso no rosto. Ele estava envolvido em uma discussão acalorada com Paulão e Flávio, dois trabalhadores dedicados da boate, que não tinham paciência para suas artimanhas.

Paulão, um segurança corpulento com um olhar penetrante, encarava Nei com desconfiança.

— Você não tem lugar para causar confusão aqui, Nei. Sabemos do seu histórico e não queremos problemas – disse, com a voz firme e autoritária.

Flávio, o barman acrescentou:

— Isso mesmo, Nei. Já tivemos problemas demais por causa de você e suas atitudes duvidosas. Não queremos mais confusão por aqui.

— Vocês dois são uns tolos. Não sabem reconhecer uma boa oportunidade quando ela aparece. Eu só estou tentando fazer um negócio vantajoso aqui e vocês estão me impedindo.

— Não estamos interessados nos seus negócios sujos – retrucou Paulão. – Queremos manter a integridade e a reputação da boate. Se você não se comportar, teremos que pedir para sair.

A discussão continuou por alguns minutos, com Nei tentando argumentar e os trabalhadores da boate mantendo sua postura firme e determinada. Eventualmente, Nei percebeu que não teria sucesso em suas manipulações e decidiu sair da boate.

Paulão e Flávio trocaram olhares de alívio e solidariedade, satisfeitos por terem lidado com Nei de maneira firme e decidida. Eles sabiam que, apesar dos desafios que poderiam surgir, estavam unidos para manter a ordem e a honestidade na Boate Spectro Bar.

Nei desconversou e procurou sair do local sem responder objetivamente a nada do que foi perguntado, dizendo-se inocente e que não estava vendendo nada.

Paulão deu uns empurrões em Nei, obrigando-o a sair da boate. Lá fora, Paulão e Flávio falavam mais rispidamente com Nei, dizendo para ele não voltar mais, pois da próxima vez a conversa não seria tão delicada. Os dois funcionários voltaram para o interior da boate e continuaram seus afazeres. Ao passarem por Agnaldo e Augusta, disseram que a situação foi resolvida.

Agnaldo e Augusta, conscientes da importância de prevenir futuros problemas e garantir a segurança e a integridade da Boate Spectro Bar, decidiram se reunir no escritório do estabelecimento para discutir estratégias e medidas para coibir atividades ilícitas no futuro. Na reunião, Agnaldo e Augusta avaliaram a situação ocorrida com Nei e buscaram identificar possíveis falhas nos procedimentos de segurança e controle da boate que possam ter facilitado a entrada de indivíduos inescrupulosos ou a realização de atividades ilegais no local.

Eles discutiram a necessidade de reforçar a segurança, implementar políticas mais rigorosas de controle de acesso, treinar a equipe para identificar comportamentos suspeitos e estabelecer parcerias com autoridades competentes para combater o tráfico de drogas e outras práticas ilícitas. Por meio dessa reunião estratégica, Agnaldo e Augusta buscaram fortalecer as medidas de segurança e prevenção na Boate Spectro Bar, reafirmando o compromisso com a segurança e o bem-estar de todos os frequentadores e colaboradores do estabelecimento. Por meio da cooperação e do planejamento cuidadoso, eles visaram criar um ambiente mais seguro e protegido contra problemas semelhantes no futuro.

A entrada de Fernando na sala da Boate Spectro Bar durante a reunião de Agnaldo e Augusta trouxe uma perspectiva valiosa para a discussão sobre a segurança e a prevenção de problemas no estabelecimento. Fernando observou a ausência de câmeras de vídeo na boate e sugeriu que a instalação desse sistema de vigilância pode ser uma medida eficaz para acompanhar e inibir atividades suspeitas ou ilegais. Ao destacar a importância das câmeras de vídeo como uma ferramenta de monitoramento e segurança, Fernando ressaltou como a presença desses dispositivos pode contribuir para a prevenção de incidentes, a identificação de comportamentos inadequados e a proteção dos frequentadores e colaboradores da boate.

A sugestão de Fernando foi recebida por Agnaldo e Augusta como uma proposta positiva para fortalecer as medidas de segurança na Boate Spectro Bar, eles reconheceram a importância da instalação de câmeras de vídeo como uma forma de aumentar a vigilância e a monitorização do ambiente, garantindo a integridade e a tranquilidade dos frequentadores do estabelecimento.

Fernando, então, disse que recentemente contratou um técnico em Informática que poderia realizar o trabalho de instalação de câmeras e operacionalizar o sistema, haveria um investimento não tão significativo. Os dois sócios concordaram e pediram que Fernando encaminhasse o técnico o mais rápido possível.

Na manhã seguinte, com George já admitido e trabalhando na criação do projeto para a equipe médica, envolvendo pesquisa, seleção e avaliação de equipamentos médicos, bem como a análise propostas de diferentes fornecedores para garantir a qualidade, a eficiência e a adequação de produtos às demandas da equipe médica, trabalhando em estreita colaboração com o restante da equipe do projeto, buscando identificar as necessidades específicas dos profissionais da saúde e garantir que os equipamentos selecionados tenham a qualidade, a eficiência e a adequação dos produtos suprindo às demandas da equipe médica. Nesse momento, Fernando chamou George para uma conversa em seu consultório, explicando que alguns amigos donos de uma boate estavam interessados em reforçar a segurança do local instalando câmeras de vídeo. Ele questionou George se ele teria o conhecimento necessário para realizar essa tarefa.

George, confiante em suas habilidades, prontamente respondeu:

— Claro, doutor Fernando. Instalar câmeras de vídeo é algo que sei fazer facilmente. Posso garantir que as câmeras serão instaladas de forma eficiente e que o sistema de segurança funcionará adequadamente.

Fernando, satisfeito com a resposta de George, agradeceu a prontidão e a disposição em ajudar. Ele sabia que podia confiar em George para realizar o trabalho com competência e profissionalismo.

Com a confiança renovada em suas habilidades, George se preparou para assumir o desafio de instalar as câmeras de vídeo na boate, consciente da importância da segurança e da responsabilidade que essa tarefa envolvia. Ele estava determinado a garantir que o sistema de segurança funcionasse de forma eficaz, proporcionando tranquilidade e proteção aos frequentadores do local.

Fernando forneceu a George o endereço da Boate Spectro Bar e o nome de Agnaldo como contato para facilitar a organização da visita e a comunicação com os responsáveis pelo estabelecimento.

Após a reunião com Fernando, George partiu em direção à Boate Spectro Bar para realizar uma avaliação do espaço e das necessidades específicas de segurança, a fim de propor a instalação adequada das câmeras de vigilância.

Após concluir o levantamento dos equipamentos e insumos necessários para a instalação das câmeras de segurança na boate, em apenas dois dias George concluiu o trabalho e entregou as notas fiscais para Agnaldo, responsável pelo pagamento. Agnaldo informou que iria providenciar o pagamento em conjunto com sua sócia, Augusta. George ficou surpreso ao ouvir o nome Augusta, mas encarou a situação como uma mera coincidência de nomes, focando na conclusão bem-sucedida do trabalho realizado e retornando ao trabalho no Hospital São Patrício.

Após ficar inquietado com a coincidência de nomes entre a sócia de Agnaldo e sua amada Augusta, George optou por ir pessoalmente à Boate Spectro Bar, onde realizou a instalação das câmeras de segurança, com o intuito de descobrir quem era a xará de sua amada. Ao chegar à boate, George procurou por Augusta, a sócia de Agnaldo, e foi informado pelo barman que ela só estaria lá à noite e que poderia falar com Agnaldo, que estava no escritório o aguardando.

George pôde receber o pagamento pelo trabalho realizado na instalação das câmeras de segurança na boate, encerrando o projeto de forma bem-sucedida e sem maiores contratempos, porém ficou com uma grande curiosidade sobre o nome da sócia de Agnaldo.

Ao retornar ao hospital, comunicou a Fernando a conclusão bem-sucedida do trabalho, agradeceu e retornou a suas atividades normais.

Após encerrar uma consulta, Fernando comunicou à secretária Cristina que não retornaria ao hospital à noite, pois tinha um compromisso importante, um jantar com sua esposa e amigos de longa data. Ao informar sua secretária sobre a sua ausência no hospital, Fernando assegurou que os procedimentos necessários seriam tomados para garantir a continuidade do atendimento aos pacientes e a organização do seu expediente.

Ao chegar em casa e encontrar sua esposa, Rebeca, com um copo de whisky, demonstrando irritação pela demora, Fernando percebeu que seu atraso gerou desconforto e frustração em sua esposa, como era de costume. Ultimamente, Rebeca estava sempre muito agressiva com seu marido, ele não desconfiava de que Rebeca sabia de seu envolvimento amoroso com outra mulher e tratava-a de forma muito gentil. Fernando começou expressando sua gratidão por Rebeca tê-lo aguardado e manifestando sua preocupação com o impacto de sua demora em sua esposa. Ele explicou o motivo do atraso de forma clara e honesta, mostrando que valoriza a relação e reconhecendo a importância de estar presente e respeitar os compromissos assumidos. Rebeca não quis saber das desculpas e pediu para ele trocar de roupa, pois estavam atrasados para o jantar com seus amigos.

Localizado em um bairro nobre da cidade grande, o Restaurante Lumière é um verdadeiro oásis gastronômico que encanta os mais exigentes paladares. Com uma fachada elegante e imponente, o restaurante se destaca pela sua arquitetura sofisticada e pelas imponentes portas de madeira maciça que se abrem para revelar um ambiente luxuoso e acolhedor. Ao adentrar o restaurante, Fernando e Rebeca foram recebidos em um ambiente refinado e cuidadosamente decorado, com móveis de design exclusivo, lustres deslumbrantes e obras de arte que adornam as paredes. A iluminação suave e a música ambiente criam uma atmosfera aconchegante e convidativa, ideal para uma bela experiência gastronômica.

As mesas são elegantemente dispostas, com toalhas de linho impecavelmente brancas, talheres de prata reluzentes e taças de cristal lapidado. Os garçons, corretamente paramentados, recebem os clientes com cortesia e profissionalismo, prontos para atender às suas necessidades e proporcionar um serviço impecável.

O cardápio do Restaurante Lumière é um verdadeiro deleite para os amantes da alta gastronomia, apresentando uma seleção de pratos sofisticados e refinados, elaborados com ingredientes frescos e de alta qualidade. As opções de vinhos e espumantes são cuidadosamente selecionadas para harmonizar perfeitamente com os pratos, proporcionando uma experiência gastronômica completa. Além da excelência culinária, o Restaurante Lumière oferece um atendimento personalizado e atencioso, garantindo que cada cliente se sinta especial e bem cuidado durante toda a sua estadia. Com um ambiente requintado, uma culinária excepcional e um serviço impecável, é o destino ideal para aqueles que buscam uma experiência gastronômica única e inesquecível em um bairro nobre da cidade grande.

Ao chegarem à mesa reservada para os casais no Restaurante Lumière, o maître os acolheu com elegância e cortesia, oferecendo o cardápio para que pudessem apreciar as opções gastronômicas disponíveis. Fernando e seus amigos foram recebidos com uma calorosa saudação, demonstrando a amizade e a cumplicidade que os une.

Enquanto os homens trocavam cumprimentos e conversavam animadamente, as mulheres se aproximavam com graciosidade e elegância, cumprimentando-se com cortesia e trocando elogios. A atmosfera na mesa é de harmonia e camaradagem, o convívio entre amigos e a apreciação da boa comida se combinam de forma perfeita. À medida que folheiam o cardápio, os casais compartilham suas preferências e expectativas em relação às opções gastronômicas, trocando recomendações e opiniões sobre os pratos que desejam experimentar. O maître, atento às necessidades dos clientes, está sempre presente para oferecer sugestões e garantir que a experiência gastronômica seja memorável e satisfatória para todos.

Enquanto aguardavam o serviço dos pratos escolhidos, Fernando e seus amigos desfrutavam de momentos de descontração e alegria, brindando à amizade e à boa companhia. As conversas fluíam com leveza e as risadas ecoavam pelo ambiente requintado do restaurante, criando uma atmosfera de felicidade e cumplicidade entre os casais. O jantar no Restaurante Lumière se revelou não apenas uma experiência gastronômica refinada, mas também um momento de conexão, amizade e celebração das relações interpessoais. A união entre os casais, a troca de afeto e a apreciação mútua são valores que se destacam nesse encontro especial, tornando a experiência ainda mais significativa e marcante para todos os presentes.

Ao retornarem para casa, Fernando e Rebeca discutiram algum assunto que foi abordado. Ela estava indignada com os comentários de Fernando sobre o exagero de consumo de bebidas alcóolicas. À medida que as discussões entre o casal continuaram a se intensificar, a situação tornou-se cada vez mais delicada e tensa. Apesar de Rebeca não ter tomado uma atitude em relação à traição do marido, ela parecia estar sofrendo internamente e remoendo sua consciência sobre o assunto. Essa carga emocional não resolvida acabou refletindo em seu comportamento e nas atitudes em relação ao marido, culminando em conflitos e ressentimentos crescentes.

Rebeca, mesmo sem expressar diretamente seus sentimentos e mágoas em relação à traição, acabou descontando nele seus medos, inseguranças e frustrações. A situação entre Fernando e sua esposa tornou-se ainda mais complexa e delicada, uma vez que ele não tem conhecimento do que ela sabe do seu relacionamento com Augusta. As atitudes agressivas de Rebeca, que vieram à tona durante a discussão, deixaram Fernando confuso e sem entender completamente a origem da irritação dela. Em um momento de tentativa de trazer uma solução para a situação, Fernando sugeriu uma consulta com um psiquiatra, seu colega no hospital, provavelmente com o intuito de buscar ajuda profissional para lidar com as questões emocionais e comportamentais que estavam afetando a relação do casal. No entanto a sugestão foi completamente rejeitada por Rebeca, que respondeu com mais uma explosão de mau humor.

A rejeição de Rebeca à sugestão de buscar ajuda profissional pode refletir sua resistência em lidar com as questões que a afligem e sua relutância em expor suas emoções e vulnerabilidades a um terceiro. O conflito entre o desejo de buscar soluções e a recusa em aceitar ajuda pode agravar a situação já tensa e tumultuada entre o casal. Todas essas atitudes, que para Fernando são desmotivadas, levam-no a refugiar-se na Boate Spectro Bar e encontrar-se com Augusta, distanciando-se mais de sua esposa.

No dia seguinte, George estava envolvido desde cedo no hospital com a instalação de equipamentos para a equipe, dando conta das atividades que lhe foram atribuídas. Enquanto trabalhava, viu

Augusta dirigir-se ao setor administrativo do hospital. A presença inesperada de Augusta despertou sentimentos mistos em George, considerando que desconhecia o envolvimento dela com Fernando.

Diante dessa visita inesperada, George se sentiu surpreso, desconfortável ou até mesmo preocupado com a presença de Augusta no ambiente hospitalar. Especialmente considerando as complicações emocionais, a situação pode gerar uma série de pensamentos e reflexões em George sobre o seu sentimento por Augusta e a curiosidade: o que ela está fazendo no setor administrativo do hospital? Algum compromisso de trabalho?

George, mantendo sua discrição como é de seu perfil, aproximou-se da secretária de Fernando e fez uma pergunta aparentemente despretensiosa sobre a presença de alguém com o médico.

— Boa tarde, Cristina Preciso falar com o doutor Fernando sobre uma questão importante do trabalho. Ele está disponível para uma conversa?

— Boa tarde, George. Infelizmente, o doutor Fernando está ocupado no momento. Ele está em uma reunião particular com a advogada Dra. Augusta. Eles devem terminar em breve. Posso deixar um recado para o doutor Fernando sobre o assunto que você deseja tratar?

— Ah, entendo. Não sabia que o doutor Fernando estava em uma reunião. Se possível, sim, por favor, deixe um recado para ele. Diga que é sobre o relatório financeiro que discutimos na semana passada. Agradeço, Cristina.

— Claro, George. Vou avisá-lo assim que a reunião terminar. Tenha certeza de que ele receberá seu recado. Se precisar de mais alguma coisa, estou à disposição.

— Muito obrigado, Cristina. Fico no aguardo. Tenha um bom restante de dia.

— Igualmente, George. Assim que o doutor Fernando estiver disponível, eu o informarei. Até breve.

Diante da confirmação da presença de Augusta com Fernando, George ficou mais tranquilo e verificou que era apenas um encontro profissional, pois ele não sabia que Augusta e Fernando se conheciam, porém seu desejo de reencontrar sua musa foi maior e George ficou sentado em uma cadeira na sala de espera, em um local que tinha visão para a sala de Fernando, esperando que Augusta saísse.

O encontro "coincidente" entre Augusta e George, após sair do escritório de Fernando, gerou um momento de constrangimento e desconforto para ambos. George mencionou a surpresa de encontrá-la no hospital onde ele estava trabalhando como técnico em Informática da equipe de Fernando, o que pode ter deixado Augusta um pouco embaraçada e surpresa com a situação. Após um breve momento de hesitação, Augusta tentou explicar de forma atabalhoada que estava no hospital para atender um cliente do escritório de advocacia, o que pode ter gerado mais dúvidas em George sobre a presença dela no local. A situação se tornou um pouco estranha e desconfortável, especialmente considerando o histórico de relacionamento entre Augusta e Fernando, que George desconhece completamente.

Diante do convite de George para um cafezinho, Augusta optou por recusar, alegando um compromisso e atraso, deixando a possibilidade de um encontro para uma próxima oportunidade, quem sabe na Confeitaria Doce Maior, de Itaberá. A recusa de Augusta reflete o desconforto e a necessidade de distanciamento em relação à situação inesperada e potencialmente delicada. A sugestão de um encontro futuro na confeitaria pode ser uma forma de amenizar a tensão do momento e abrir a possibilidade de um diálogo mais tranquilo e informal entre Augusta e George.

George, envolvido em um turbilhão de emoções diante de seu amor não correspondido por Augusta, enfrenta um dilema emocional complexo e doloroso. A paixão intensa que sente por ela, combinada com a desconfiança de interesses amorosos de Augusta em relação a Fernando, um homem mais velho e casado, desencadeia um conflito interno em George. A percepção de George sobre a dinâmica tradicional de relacionamentos, em que as mulheres geralmente são associadas a homens mais velhos, mais poderosos e bem-sucedidos, pode levá-lo a questionar sua própria posição e autoconfiança. A idealização de Augusta como sua musa dos sonhos, apesar das circunstâncias desafiadoras, reflete o desejo profundo e inabalável de George por um amor que parece distante e inatingível.

Enquanto retoma seu trabalho no hospital, George é confrontado com pensamentos e reflexões sobre o amor, a paixão e as complexidades dos relacionamentos humanos. A luta interna entre seus sentimentos por Augusta e a realidade de sua situação amorosa pode gerar um processo de autoconhecimento e amadurecimento emocional para George, sendo importante que ele busque compreender e aceitar que Augusta não disfruta dos mesmos sentimentos. Isso é doloroso, a autenticidade e a honestidade consigo mesmo são fundamentais para lidar de forma saudável com as emoções e as incertezas do coração, o diálogo interno e a reflexão pessoal ajudam George a processar seus sentimentos e encontrar um caminho para a superação, navegar pelas águas tumultuadas do amor e da paixão. Talvez não seja o ideal para George nesse momento.

CONFLITOS DE GEORGE

George, em um dia comum de trabalho no hospital, decidiu almoçar no refeitório dos funcionários. Ao chegar ao local, percebeu que quase todas as mesas estavam ocupadas, mas ainda assim decidiu pedir licença para se sentar à mesa onde estavam Cristina e a auxiliar de almoxarifado, Penélope, uma ruiva deslumbrante, extrovertida e comunicativa, seus cabelos avermelhados caem em ondas suaves emoldurando seu rosto delicado e cheio de sardas, que realçam ainda mais sua beleza natural, seus olhos verdes brilham com uma intensidade cativante. Ao se juntar à mesa das duas mulheres, George foi recebido com cortesia e gentileza. A secretária de Fernando, uma pessoa ocupada e bem-informada sobre os assuntos do hospital, e a auxiliar do almoxarifado, uma ruiva falante e sociável, iniciaram conversas animadas e descontraídas, enquanto saboreavam sua refeição. George pôde se envolver nas conversas animadas até se surpreender com a desenvoltura e o dinamismo das duas mulheres, a interação na mesa pôde proporcionar a George um momento de descontração e socialização, além de possibilitar trocas de experiências e insights sobre o ambiente e as pessoas que trabalham no hospital.

Penélope, curiosa e bem-informada, perguntou à Cristina sobre a visita dos "pombinhos", despertando a atenção de George, que sabia da visita de Augusta a Fernando, mas preferiu manter-se discreto e sem demonstrar interesse aparente. Enquanto a conversa se desenrolava entre Penélope e Cristina, George observava atentamente, mantendo-se reservado e sem revelar seu conhecimento sobre a visita de Augusta ao médico, sua postura discreta e contida contrastava com a curiosidade e animação das duas mulheres, que trocavam informações e comentários sobre o assunto. Ao ouvir a menção aos "pombinhos", George percebeu que o assunto envolvia questões sentimentais, mas decidiu não se envolver diretamente na conversa. Enquanto Penélope e a secretária de Fernando continuavam a discutir a visita dos "pombinhos", George permaneceu atento e discreto, sem revelar seus pensamentos ou emoções. Concluído o almoço, os colegas seguiram para seus locais de trabalho e George agradeceu a ótima companhia.

A conversa no almoço entre Penélope e Cristina, com o termo "pombinhos", deixou George preocupado. Essa referência a "pombinhos" pode ter despertado suspeitas ou levado à conclusão de que há um relacionamento romântico entre Fernando e Augusta. A preocupação de George pode estar relacionada ao fato de que a revelação ou a confirmação do envolvimento amoroso entre Fernando e Augusta pode representar um obstáculo em seus próprios sentimentos e desejos em relação à sua amada, a incerteza e a ansiedade em relação ao desenrolar dos acontecimentos e às possíveis repercussões dessa revelação podem estar presentes nos pensamentos de George. A sensação de ter sua paixão exposta ou comprometida de alguma forma pode gerar desconforto e insegurança em relação ao seu próprio envolvimento emocional.

No meio da tarde, George decidiu ir até o almoxarifado sob o pretexto de buscar folhas de ofício. Ao chegar lá, ele aproveitou a oportunidade para entabular uma conversa com a falante Penélope, que confirmou para ele o que todos no hospital parecem saber: que Augusta e Fernando são amantes. A confirmação do boato sobre o relacionamento amoroso entre Augusta e Fernando foi um choque para George, que agora se via diante da dolorosa realidade de que a mulher por quem é apaixonado está envolvida romanticamente com outra pessoa. A revelação feita por Penélope pode ter abalado as estruturas de George, colocando em xeque seus próprios sentimentos e esperanças em relação a Augusta. A conversa com Penélope no almoxarifado foi um momento de confronto para George, que agora precisava lidar com a desilusão e a tristeza de ver seu amor não correspondido, a sensação de ter sido enganado ou iludido está presente em seus pensamentos. Diante desse novo cenário, George se viu perante o desafio de reconstruir suas expectativas e reavaliar seus sentimentos em relação a Augusta. A conversa com Penélope e a confirmação do relacionamento entre Augusta e Fernando representaram um ponto de virada em sua jornada emocional.

A confirmação do relacionamento entre Augusta e Fernando desencadeou uma série de emoções intensas em George, como raiva, tristeza, desapontamento e sensação de rejeição. A percepção de que seus sentimentos não foram correspondidos e de que sua esperança foi frustrada abalou sua visão sobre o amor e a confiança nas relações interpessoais. Na sua dor, George remoía a situação de que Fernando é casado e questionava se sua amada, Augusta, tem conhecimento desse fato. A descoberta de que Fernando é casado adiciona mais complexidade e intensidade à situação, gerando conflitos morais e éticos na mente de George, a possibilidade de que Augusta possa estar envolvida em um relacionamento com alguém que é comprometido pode perturbar ainda mais George, alimentando dúvidas sobre os valores e princípios de Augusta, bem como sobre a natureza do relacionamento que ela mantém com Fernando. George sentiu-se angustiado com a ideia de que Augusta possa estar ignorando ou sendo conivente com a situação de infidelidade de Fernando, a incerteza sobre o conhecimento de Augusta em relação ao estado civil de seu amante pode desencadear um turbilhão de questionamentos e conflitos internos em George. A descoberta dessa possível realidade pode abalar ainda mais a confiança de George em Augusta e desafiar sua percepção sobre quem ela é e o que ela valoriza em um relacionamento. O dilema moral e emocional em que George se encontra pode levá-lo a reavaliar não apenas seus sentimentos por Augusta, mas também a integridade e a honestidade do relacionamento que ela mantém com Fernando. Diante desse cenário complexo e repleto de emoções conflitantes, George está perante um desafio emocional e ético significativo, que exige dele reflexão, coragem e clareza para lidar com as revelações e decisões que se apresentam. Ele resolveu falar com Augusta sobre o assunto, pois tinha certeza de que sua amada não sabia que Fernando é casado. Em algum encontro com Augusta, George irá tocar no assunto, poderá ser naquele chá da tarde na Confeitaria Doce Maior, em Itaberá, onde poderão se encontrar na próxima semana.

Às segundas-feiras, dia em que George ministra suas aulas na escola de ensino médio, tradicionalmente, no final de suas aulas, após sair da escola, ele segue seu tradicional caminho até a Confeitaria Doce Maior, onde sempre desfruta de um chá e uma fatia da sua torta de nozes, sua favorita. Ao entrar na confeitaria, George avistou sua amada, Augusta, confortavelmente sentada em uma mesa ao canto. Ele se aproximou dela com a intenção de revelar toda a verdade sobre o fato de que seu chefe no hospital é casado e Augusta está sendo enganada.

Ao se aproximar de Augusta e ser recebido com um lindo sorriso, George sentiu um misto de nervosismo e esperança. O convite de Augusta para que ele se sentasse com ela em uma das confortáveis poltronas da confeitaria trouxe um calor reconfortante ao coração de George, que ainda estava lutando para processar suas emoções em relação à revelação do relacionamento entre Augusta e Fernando. Cumprimentando Augusta com um sorriso tímido, George acomodou-se na poltrona, buscando reunir coragem para expressar seus sentimentos e pensamentos diante da situação delicada em que se encontravam. A presença de Augusta à sua frente, com seu sorriso acolhedor e seus olhos brilhantes, despertou em George um turbilhão de emoções e questionamentos sobre o que ele desejava e como lidar com a realidade do amor não correspondido.

Enquanto conversavam na confeitaria, George tentou manter a compostura e a calma, mas seu coração ainda estava tumultuado pelas descobertas recentes e pelas incertezas em relação ao futuro de seus sentimentos por Augusta. A proximidade com a pessoa por quem ele nutre um amor não correspondido trouxe à tona a intensidade de seus desejos e a confusão de suas emoções, desafiando-o a encontrar coragem e clareza em meio ao turbilhão emocional que o envolvia. Nesse momento de encontro e diálogo com Augusta, George enfrentava a encruzilhada de suas emoções e desejos, buscando compreender e aceitar a complexidade de seus sentimentos e a realidade do relacionamento entre Augusta e Fernando. A conversa na confeitaria pode representar um ponto de inflexão em sua jornada emocional diante da coragem de George em abordar o delicado assunto do relacionamento entre Augusta e Fernando, a atmosfera na confeitaria tornou-se tensa e carregada de emoções, enquanto saboreavam chás e tortas.

— Augusta, precisamos conversar. Descobri o seu relacionamento com o doutor Fernando e sei que ele é muito mais do que apenas um cliente para você.

— George, eu... Como você descobriu? Eu não esperava que isso viesse à tona.

— Eu percebi algumas coisas, Augusta. E, ao investigar um pouco mais, me deparei com a verdade. Sei que Fernando é casado e imagino que essa situação seja delicada para todos os envolvidos.

— Eu não sei o que dizer... Sim, é verdade que tenho um relacionamento com Fernando. Ele não é apenas um cliente para mim, mas alguém por quem desenvolvi sentimentos verdadeiros. Eu sei que a situação é complicada, mas não consigo evitar o que sinto.

— Compreendo, Augusta. Relacionamentos são complexos e sentimentos podem nos levar a caminhos inesperados. No entanto, é importante considerar todas as partes envolvidas, especialmente a esposa do doutor Fernando. A honestidade e a transparência são fundamentais em situações como essa.

— Você tem toda a razão, George. Eu sei que preciso lidar com essa situação de forma responsável e respeitosa. Não quero magoar ninguém, mas também não posso ignorar o que sinto. Agradeço por trazer isso à tona e por sua compreensão. Estou perplexa com essa abordagem. Você está desafiando minha privacidade e não estou disposta a discutir minha vida pessoal com você.

— Eu entendo sua reação e respeito sua privacidade. Não era minha intenção invadir sua vida pessoal, mas me preocupo com você e com as possíveis consequências desse relacionamento.

— Eu sei que suas intenções são boas, mas esse assunto é delicado e não quero me sentir pressionada a falar sobre algo tão íntimo. Peço que respeite minha privacidade e não continue com essa linha de questionamento.

— Compreendo, Augusta. Peço desculpas se minha abordagem foi inadequada. Não vou mais tocar nesse assunto se você não se sentir confortável em discuti-lo. Saiba que estou aqui para apoiá-la, independentemente das suas escolhas.

—Agradeço sua compreensão, George. Sei que sua preocupação vem do coração, mas algumas questões são complexas e pessoais demais para serem compartilhadas. Espero que possamos manter nossa relação pessoal de forma respeitosa.

—Certamente, Augusta. Respeitarei sua privacidade e nossa relação profissional seguirá como sempre. Se precisar de ajuda ou apoio em qualquer outra questão, saiba que estou à disposição. Conte comigo.

Nesse diálogo, Augusta enfatizou a importância da privacidade e da não discussão de assuntos íntimos com George, estabelecendo limites claros em relação à sua vida pessoal. George, por sua vez, demonstrou compreensão e respeito pela decisão de Augusta, reforçando seu apoio e disponibilidade para outras questões que possam surgir.

Ao mencionar que sabia que Fernando é muito mais do que um simples cliente para Augusta, que é namorado dela e que ele é casado, George busca trazer à tona a verdade que estava guardada em seu coração. As palavras de George podem ter pegado Augusta de surpresa, desestabilizando-a e desafiando sua privacidade e seus limites pessoais. A reação de Augusta, ao se mostrar perplexa com a revelação de George e ao afirmar que não estava disposta a discutir sua vida pessoal com ele, revela um momento de desconforto e defesa por parte dela. A recusa de Augusta em aprofundar a conversa e discutir os detalhes de seu relacionamento com Fernando indica um desejo de preservar sua privacidade e de estabelecer limites claros em relação ao que é compartilhado com os outros. A tensão entre George e Augusta, diante da revelação inesperada e da recusa em discutir o assunto, pode deixar um clima de desconforto e incompreensão no ar. George, por sua vez, pode estar se sentindo vulnerável e exposto, enquanto Augusta busca proteger sua intimidade e manter o controle sobre sua vida pessoal.

Esse momento de confronto e recusa em discutir a situação pode representar um ponto de virada na relação entre George e Augusta.

De imediato, Augusta levantou-se da poltrona e saiu, deixando George só e desconfortável. Ele ficou lá uns minutos para se recompor, encaminhou-se ao caixa, pagou a conta e foi para sua casa com o pensamento no que se passou na confeitaria, diante do turbilhão de sentimentos que o envolveu após sua revelação sobre o relacionamento de Augusta com o médico casado.

Na manhã seguinte, George dirigiu-se à rodoviária e embarcou em um ônibus rumo à cidade grande, onde daria continuidade ao seu trabalho no Hospital São Patrício. Enquanto aguardava o ônibus na rodoviária, George se viu confrontado com a certeza de que Augusta sabia da situação do amante casado. Essa revelação lançou uma sombra sobre sua relação com Augusta e desafiou a confiança e a integridade que ele depositava nela. As dúvidas e os questionamentos sobre os verdadeiros sentimentos e as intenções de Augusta, bem como sobre a natureza do relacionamento que eles compartilhavam, atormentaram George durante sua viagem. A viagem para a cidade grande tornou-se um momento de reflexão e autoanálise para George, que se viu diante do desafio de lidar com seus próprios sentimentos e com a complexa teia de emoções e segredos que envolvem sua relação com Augusta.

TENSÕES NA BOATE SPECTRO BAR

Ao chegar à Boate Spectro Bar no final da tarde, Augusta cumprimentou seus empregados e se dirigiu ao escritório, onde encontrou seu sócio Agnaldo com um copo de whisky e com um ar de mau humor. Augusta questionou se não era muito cedo para estar bebendo. Agnaldo, que conhece Augusta há muito tempo e percebe quando ela está incomodada com algo, ofereceu apoio e perguntou o que estava acontecendo, se poderia ajudá-la de alguma forma. O gesto de Agnaldo, de perceber o estado de espírito de Augusta e oferecer seu suporte, demonstra a relação de confiança e cumplicidade entre os sócios. Augusta, que está claramente perturbada por algo, encontra em Agnaldo um ombro amigo e uma fonte de apoio em meio às suas preocupações e dilemas.

Agnaldo, ao mostrar interesse genuíno pelo bem-estar de Augusta e ao se colocar à disposição para ajudá-la, revela a importância da conexão e da empatia nas relações interpessoais, especialmente em momentos de dificuldade e desconforto. A abertura para compartilhar suas angústias e preocupações com Agnaldo representa um alívio para Augusta, que talvez esteja buscando uma forma de desabafar e encontrar orientação em relação aos desafios que enfrenta.

Augusta disse a Agnaldo que precisava de uma dose de whisky também para que pudesse iniciar uma conversa. Agnaldo prontamente ofereceu um copo e os dois sócios iniciaram um diálogo no escritório da Boate Spectro Bar, sendo um momento de sinceridade e vulnerabilidade, no qual Augusta compartilhou suas inquietações e dilemas com alguém de confiança.

Após ser questionada por Agnaldo sobre o motivo de seu mau humor, Augusta decidiu abrir o coração e compartilhar com seu sócio o encontro inesperado com George na confeitaria, com um misto de surpresa e curiosidade. Agnaldo escutava atentamente enquanto Augusta revelava os detalhes do encontro e as emoções conflitantes que ele despertou nela. Ao ouvir Augusta falar sobre George, Agnaldo fez uma conexão surpreendente ao questionar se George é o mesmo técnico em Informática que Fernando enviou para instalar as câmeras na boate. Diante da coincidência inesperada, Augusta confirmou que, de fato, George é a mesma pessoa que realizou a instalação das câmeras de segurança na boate. Agnaldo questionou se George sabe que ela é sócia da boate, Augusta respondeu que ao que parece não, ele só sabe de seu envolvimento com Fernando.

Diante da revelação de Augusta sobre o encontro com George na confeitaria e da conexão surpreendente entre George e a instalação das câmeras de segurança na boate, Agnaldo expressou sua preocupação e decidiu tomar uma atitude. Com uma postura protetora e determinada, Agnaldo afirmou que iria chamar George para ir à boate e adverti-lo para não se meter na vida dos outros, pois isso pode não ser benéfico para sua saúde. Agnaldo, demonstrando sua lealdade e cuidado com Augusta, buscou agir como um guardião e protetor, procurando preservar a integridade e o bem-estar de sua sócia diante das circunstâncias complexas e potencialmente prejudiciais que envolvem George em sua vida pessoal. Sua decisão de intervir e alertar George sobre os limites e as consequências de se imiscuir em assuntos alheios reflete sua preocupação com o equilíbrio e a harmonia do ambiente da boate. Ao ameaçar chamar George e adverti-lo sobre os riscos de se intrometer na vida dos outros, Agnaldo busca estabelecer limites claros e proteger não apenas a reputação da boate, mas também a segurança e o bem-estar de Augusta.

Diante da proposta de Agnaldo de chamar George na boate e adverti-lo sobre se envolver na vida dos outros, Augusta expressou sua discordância com a abordagem sugerida por seu sócio. Conhecendo o passado de atitudes violentas de Agnaldo, ela temia as possíveis repercussões negativas que uma confrontação direta com George poderia trazer. Augusta, então, decidiu que iria resolver a situação de outra forma. Ao recusar a sugestão de Agnaldo e optar por encontrar uma solução diferente, Augusta demonstra sua preocupação com a segurança e o bem-estar de todos os envolvidos, incluindo George, sua decisão revela uma abordagem mais cautelosa e reflexiva, buscando maneiras de lidar com a situação de forma mais pacífica e respeitosa, evitando possíveis conflitos ou confrontos prejudiciais. A atitude de Augusta de assumir o controle da situação e encontrar uma alternativa para lidar com o convívio com George em Itaberá e no hospital demonstra sua determinação em proteger a si mesma.

Fernando entrou no escritório quando a discussão estava mais calma e resolvida. Augusta, sentada no sofá, deixando à mostra suas pernas bem torneadas, chamou Fernando para perto e, segurando-o pelo pescoço, deu um impulso e beijou-o ardentemente. Fernando respondeu aos beijos e o dois ficaram no sofá trocando carícias. Agnaldo disse que iria ver como estava o movimento na boate e saiu com seu copo na mão.

Fernando e Augusta iniciaram um diálogo que revelou a complexidade e as tensões envolvidas em seu relacionamento, que iam além do desejo e da paixão que compartilhavam. Enquanto Augusta expressava seu desejo de passar um fim de semana romântico em uma praia do litoral, sugerindo um momento de intimidade e conexão entre eles, Fernando revelou as limitações impostas pelo seu casamento e a situação complicada em que se encontrava. Ao mencionar que sua esposa, Rebeca, estava desconfiada e constantemente fazendo cenas de ciúmes, Fernando evidencia as dificuldades e os conflitos presentes em seu casamento, que estão impedindo-o de se envolver completamente com Augusta. A presença de Rebeca e as questões patrimoniais em disputa tornavam a situação mais delicada e complicada, colocando em xeque a viabilidade de um relacionamento mais profundo e duradouro entre Fernando e Augusta.

A resposta de Fernando reflete a ambiguidade de seus sentimentos e compromissos, evidenciando a complexidade de suas relações pessoais e financeiras. Enquanto Augusta busca maior proximidade e comprometimento por parte de Fernando, ele se vê preso em um casamento em crise e em uma disputa patrimonial que dificulta a tomada de decisões e a definição de seu futuro amoroso. A conversa entre Fernando e Augusta criou um impasse emocional e prático. Augusta partiu para a ofensiva e impôs a Fernando uma atitude mais forte para pôr fim em seu casamento, pois ela também quer uma vida matrimonial com todos os quesitos que um casamento normal impõe e não quer ficar com o tempo que sobra para Fernando. Ele tentou argumentar sobre as dificuldades de um rompimento, mas disse que iria tomar algumas providências. Quanto ao passeio para uma praia no litoral, ele disse que iria providenciar e logo confirmaria. Os dois saíram do escritório, dirigiram-se a uma mesa ao canto e ficaram ali bebendo algo e procurando uma forma de levar adiante seu relacionamento com muito amor envolvido. Logo foram abordados por Flávio, o barman, dizendo que Nei, o traficante, retornou à boate. A volta de Nei à Boate Spectro Bar, agora vestindo um bom terno e consciente do poder que uma boa roupa pode exercer, chamou a atenção dos frequentadores do local. Sua presença, que já era conhecida por muitos como um fornecedor dos famosos papelotes, ganhou destaque e despertou curiosidade entre os presentes.

Paulão e Flávio, que já conheciam Nei e sua reputação na boate, também foram atraídos pela presença marcante e intrigante do fornecedor. A aura de mistério e magnetismo que o terno conferia a Nei parecia intensificar sua presença e influência sobre os frequentadores, criando um ambiente de expectativa e interesse em torno de suas ações e intenções. A combinação entre a presença marcante de Nei, o poder sugestivo do terno e a sua reputação como fornecedor dos papelotes conferia a ele uma aura de autoridade e influência na Boate Spectro Bar, sua presença despertou diferentes reações e emoções nos frequentadores, que observavam atentamente seus movimentos e interações no ambiente da boate. Agnaldo, Paulão e Flávio chegaram próximo a Nei e o conduziram para fora da boate. A atitude deles, ao conduzirem Nei para fora da boate devido à venda de papelotes ser proibida no local, demonstra a importância de fazer cumprir as regras e normas estabelecidas para garantir a segurança e a ordem do ambiente. Ao avisar Nei previamente sobre a proibição de vender papelotes dentro da boate e, mesmo assim, encontrá-lo desrespeitando essa norma, os seguranças agiram de forma assertiva e decidida para preservar a integridade do estabelecimento e dos frequentadores. Fora da boate a conversa foi mais forte, pois o marginal já havia sido avisado. Nei foi levado para o beco ao lado da boate e os três começaram a bater nele com muita força, espancaram o rapaz, tiraram seu paletó e o feriram seriamente, deixando-o junto aos latões de lixo com uma advertência de não voltar mais e tampouco chegar próximo à boate, pois da próxima vez ele não sairia com vida. Com isso, os três retornaram à boate e Agnaldo avisou a Augusta que o rapaz já tinha ido embora e provavelmente não retornaria mais. Fernando e Augusta também resolveram sair e ir para o motel de sempre para terminar a noite.

No dia seguinte, Fernando foi direto ao hospital. Chegando lá, sua secretária informou-lhe que Rebeca, sua esposa, passou a noite inteira telefonando à procura dele e, segundo o que foi informada, estava bastante alterada. O médico disse que resolveria isso depois e dirigiu-se à sua sala de consulta, pois já havia pacientes para atender. Fernando passou o dia atendendo seus pacientes no hospital e ao final da tarde despediu-se de Cristina e dirigiu-se para sua casa. Lá encontrou Rebeca mais calma, pois no meio da manhã recebeu a informação de que seu marido estava no consultório atendendo seus pacientes.

Rebeca recebeu Fernando com muita felicidade. Ele ficou um pouco desconfiado, pois sua esposa passou a noite à sua procura, com certeza ela sabia que não estava no hospital, porém seguiu o jogo. Rebeca lembrou que o aniversário de Fernando estava próximo e desejava comemorar com uma grande festa. O interesse de Rebeca de comemorar o aniversário de Fernando de forma amistosa e celebrativa, convidando amigos para uma festa no palacete do casal, foi visto por Fernando uma iniciativa positiva que demonstra afeto, consideração e o desejo de compartilhar momentos especiais juntos. A proposta de uma festa para celebrar o aniversário de Fernando era uma oportunidade para fortalecer os laços afetivos entre o casal e confraternizar com amigos e familiares, porém não era que Fernando desejava, pois estava querendo o rompimento do casamento e não o fortalecimento dos laços. Rebeca argumentou que a escolha do palacete do casal como local para a festa poderia adicionar um toque especial e elegante à comemoração, proporcionando um ambiente acolhedor e sofisticado para receber os convidados. A presença de amigos e entes queridos na celebração do aniversário de Fernando poderia tornar o momento ainda mais especial e significativo, compartilhando a alegria e a felicidade dessa data importante juntos. A reação de Fernando ao desconversar e recusar o convite de Rebeca para a festa de aniversário, expressando estar cansado e desinteressado em fortalecer o casamento, sugere um distanciamento emocional e uma possível insatisfação com a relação conjugal, sua atitude de evitar o diálogo e buscar refúgio na exaustão e no isolamento indica um desejo de rompimento e uma falta de disposição em investir na construção de um relacionamento saudável e satisfatório.

Rebeca insistiu fortemente na festa, pois era tradição na família comemorar os aniversários do casal, com isso, Fernando e Rebeca abriram espaço para uma conversa honesta e sincera sobre seus sentimentos e expectativas em relação ao relacionamento. Fernando concordou com a festa e os dois chegaram à conclusão de que existe uma diferença que deve ser sanada e o casal pode tomar uma atitude, mas não nesse momento.

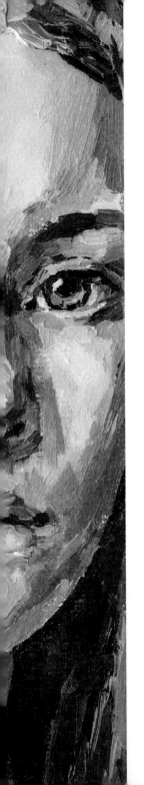

OS PREPARATIVOS PARA A FESTA

Após o diálogo e a concordância de Fernando em fazer a festa, Rebeca assumiu a organização da festa de aniversário de Fernando com entusiasmo e determinação. Rebeca é filha de um proprietário de uma grande rede de supermercados já falecido e, por sua experiência profissional na rede de supermercados, ela está acostumada a lidar com fornecedores, visto que, antes de seu casamento, trabalhou na empresa de seu pai lidando com fornecedores e organizando eventos da rede. Certamente seria um trunfo na realização de uma festa grandiosa e memorável. Ao contatar um serviço de buffet e descrever seus planos para a festa, Rebeca demonstra habilidade em transmitir sua visão e expectativas de forma clara e detalhada, sua capacidade de planejamento e organização, aliada ao seu conhecimento do setor, certamente contribui para a criação de um evento sofisticado e bem-sucedido.

Rebeca descreveu ao encarregado do serviço de buffet da seguinte maneira: o buffet para a festa deverá ser composto de uma variedade de opções gastronômicas que atendam aos diferentes gostos e preferências dos convidados. O menu deverá ser elaborado com ingredientes frescos, de alta qualidade e preparado por chefs experientes e talentosos. Além disso, a apresentação dos pratos deverá ser cuidadosamente pensada para impressionar os convidados e criar uma experiência gastronômica única. Para o coquetel de boas-vindas, deverão ser servidos canapés e *finger foods* sofisticadas, como *minibruschettas*, croquetes de queijo, camarões empanados, entre outros petiscos gourmet. Para acompanhar, uma seleção de bebidas especiais, como espumantes, vinhos, drinks e coquetéis elaborados. No jantar principal, que será oferecido à beira da piscina, um buffet completo com estações de culinárias variadas, como estação de massas, estação de carnes nobres grelhadas, estação de frutos do mar, estação de saladas e acompanhamentos gourmet. Os pratos deverão ser preparados na hora, garantindo a qualidade e o frescor dos alimentos. Para a sobremesa, uma mesa de doces e sobremesas finas, com uma variedade de opções, como minitortas, mousses, *macarons*, brigadeiros gourmet, frutas frescas e uma cascata de chocolate. Além disso, deverá ser servido um bolo de aniversário personalizado e decorado de acordo com o tema da festa.

O serviço de buffet deverá contar com uma equipe de garçons e *bartenders* treinados para oferecer um atendimento impecável e eficiente aos convidados. A decoração das mesas e do espaço do buffet será elegante e sofisticada, criando um ambiente acolhedor e festivo. Com esse serviço de buffet, a festa de 150 convidados certamente será grandiosa e memorável, proporcionando uma experiência gastronômica excepcional e marcante para todos os presentes. Com a determinação e o profissionalismo de Rebeca, aliados à sua experiência e expertise em lidar com fornecedores, é provável que a festa de aniversário de Fernando seja um verdadeiro sucesso. A atenção aos detalhes, a escolha cuidadosa dos serviços e a dedicação em garantir a satisfação de todos os convidados são aspectos essenciais para a realização de um evento de alto nível.

Ao acompanhar o encarregado do buffet até a porta, Rebeca continuou a fazer recomendações que considerava importantes. Quando questionada sobre para quem e onde deveria enviar o orçamento, Rebeca forneceu o nome do administrador da rede de supermercados, que o encarregado do buffet conhece bem. Então se despediram e Rebeca começou a cuidar da lista de convidados, acreditando ser imprescindível convidar todos os seus amigos de longa data, os conhecidos do clube, algumas chefias da rede do supermercado e do hospital e a advogada de Fernando, que o defendeu tão bem no julgamento sobre o erro médico. Ao final da tarde, convidou a sua amiga e conselheira Wanderléia, que ela chama carinhosamente de Léia, para um happy hour em sua casa. Léia é um pouco mais velha que Rebeca e muito charmosa, tem uma trajetória marcada por experiências internacionais e uma vida repleta de vivências em diferentes países devido ao trabalho de seu falecido marido, um embaixador brasileiro. Sua elegância e sofisticação refletem não apenas sua experiência de vida, mas também seu carisma e personalidade cativantes. A perda de seu marido, o embaixador, representou não apenas um momento de luto e saudade, mas também uma transição em sua vida, marcando o fim de uma época de representação diplomática e o início de um novo capítulo, em que as lembranças dos anos vividos juntos se misturavam com a saudade e a esperança de novas experiências. Juntas elaboraram o texto do convite, com nomes, endereços e demais detalhes, e enviaram para a gráfica de costume. Rebeca quer ir pessoalmente entregar os convites a alguns convidados, pois são pessoas que ela considera amigos especiais. Assim, Rebeca e Léia aguardaram a confecção dos convites para marcar e visitar os amigos queridos. Na quarta-feira, após os convites ficarem prontos e alguns telefonemas, Rebeca e Léia saíram para entregar os convites. A entrega em mãos é uma maneira especial e atenciosa de convidar as pessoas queridas para celebrar essa data especial. Marcarem as visitas e saírem juntas de carro mostra o cuidado e a dedicação das duas amigas na organização desse evento. É sempre bom ver amigos se unindo para fazer algo especial para alguém que é importante para eles. Ao final da tarde, início da noite, Rebeca e Léia estavam próximo do Restaurante Lumière e resolveram ligar para Fernando e dizer para ele se encontrar com elas lá. Rebeca e Léia estavam animadas com a surpresa que estavam preparando para Fernando. Após entregarem alguns convites do aniversário dele a vários amigos, decidiram convidar o próprio aniversariante para um encontro especial no restaurante, queriam compartilhar com ele a alegria de terem organizado tudo e celebrar juntos esse momento único. Rebeca, com um brilho nos olhos, ligou para Fernando e fez o convite de forma carinhosa e animada, explicou que ela e Léia gostariam de encontrá-lo no Restaurante Lumière para alguns drinks e uma refeição leve. Fernando, surpreso e curioso, aceitou o convite sem hesitar, mal podendo esperar para descobrir qual era a surpresa que as duas amigas estavam preparando. Ao chegarem ao restaurante, Rebeca e Léia já estavam ansiosas para contar a Fernando sobre a entrega dos convites e a surpresa que estavam organizando para o aniversário dele. O ambiente aconchegante e sofisticado do Lumière criava o cenário perfeito para aquela ocasião especial. Enquanto brindavam com uma taça de vinho, Rebeca e Léia revelaram a Fernando que haviam entregado os convites do aniversário dele a vários amigos queridos. A expressão de surpresa e alegria no rosto de Fernando eram evidentes e ele agradeceu emocionado o gesto carinhoso da esposa e da amiga. Entre risadas e brindes, Rebeca, Léia e Fernando desfrutaram de uma noite agradável e cheia de cumplicidade, porém Fernando sentia-se culpado, pois naquela tarde procurou um advogado de família para discutir a melhor maneira de encaminhar a separação com Rebeca. Enquanto desfrutava da agradável companhia de Rebeca e Léia no Restaurante Lumière, Fernando sentia um turbilhão de emoções e pensamentos conflitantes invadindo sua mente. Por um lado, estava feliz por estar ali, compartilhando momentos especiais com sua esposa e sua amiga. Por outro, a consciência pesada o atormentava.

Os risos e conversas animadas à mesa contrastavam com a angústia e a confusão que Fernando sentia por dentro. Ele se questionava se era justo estar ali, desfrutando da companhia de Rebeca e Léia. Enquanto planejava o fim de seu casamento, sentia-se dividido entre a obrigação de ser honesto sobre seus sentimentos e a culpa de magoar as pessoas que amava. Enquanto observava Rebeca e Léia conversando animadamente, Fernando se perguntava como poderia explicar a elas suas dúvidas e inseguranças, sabia que precisava ser sincero e transparente, mas temia o impacto que suas decisões teriam sobre todos, sentia-se enredado em um labirinto de emoções conflitantes, sem saber qual era o caminho certo a seguir. A noite no Restaurante Lumière se desenrolava diante dos olhos de Fernando, mas sua mente estava longe, imersa em pensamentos e reflexões profundas. Enquanto o aroma dos pratos deliciosos e o som suave da música ambiente preenchiam o ambiente, a luta interna de Fernando continuava a pesar. A verdade era que aquele momento de alegria e descontração estava manchado pela sombra da separação iminente, Fernando sabia que teria que enfrentar as consequências de suas escolhas, mas ainda não sabia como lidar com as emoções e os dilemas éticos que o assombravam naquela noite no Restaurante Lumière.

Enquanto saboreava uma taça de vinho cabernet da serra gaúcha no Restaurante Lumière, os pensamentos de Fernando estavam longe da mesa e da conversa animada com Rebeca e Léia. Sua mente estava tomada pela figura de Augusta, que o pressionava incessantemente para que tomasse uma decisão sobre sua separação com Rebeca. Os olhos de Fernando se desviavam involuntariamente para o celular a cada notificação de mensagem de Augusta, que insistia em saber quando ele finalmente tomaria uma atitude em relação ao casamento. A pressão e a ansiedade começavam a se acumular em seu peito, fazendo com que o vinho que ele bebia parecesse mais amargo. Enquanto lutava para manter a compostura diante de Rebeca e Léia, Fernando se sentia dividido entre o desejo de seguir seu coração e a responsabilidade de lidar com as consequências de suas escolhas. Augusta representava uma paixão intensa e proibida, mas também trazia consigo um peso emocional e moral que ele não podia ignorar, a presença constante de Augusta em sua vida tornava cada vez mais difícil para Fernando adiar a decisão que ele sabia que precisava tomar. A sensação de estar preso entre dois mundos, o da segurança e o do desejo, o da família e o da paixão, o consumia por dentro e o deixava em um estado de angústia e indecisão. Enquanto as vozes ao seu redor pareciam distantes e abafadas, Fernando se via imerso em um turbilhão de emoções conflitantes, sem conseguir encontrar uma saída clara e definitiva para sua situação. A pressão de Augusta, a culpa em relação a Rebeca e a confusão em seu coração se misturavam em um emaranhado de sentimentos que o deixava paralisado e perdido no meio daquela noite turbulenta no Restaurante Lumière.

Rebeca e Léia observavam atentamente a reação de Fernando, percebendo sua distração e ausência durante a conversa. Por diversas vezes, precisavam repetir frases e chamar sua atenção, pois ele parecia distante e absorto em seus pensamentos. Fernando tentava disfarçar sua inquietação, dizendo que eram apenas questões do trabalho que ocupavam sua mente naquela noite. Diante da desculpa de Fernando, Rebeca e Léia trocaram olhares preocupados. Percebendo que algo estava errado com Fernando, decidiram pedir um cafezinho e a conta, pois já estava tarde e precisavam levar Léia para casa. Enquanto aguardavam o pedido chegar, o silêncio pairava sobre a mesa, carregado de tensão e incerteza. Fernando, por sua vez, tentava se recompor e disfarçar a confusão que tomava conta de seus pensamentos, sentia-se dividido entre a pressão de Augusta, a culpa em relação a Rebeca e a angústia de não conseguir tomar uma decisão definitiva, a presença das duas mulheres que ele prezava e a urgência de resolver seus conflitos internos o deixavam em um estado de turbulência emocional. Enquanto tomavam o café e se preparavam para sair do restaurante, Rebeca e Léia trocaram olhares cúmplices, compartilhando a preocupação mútua em relação a Fernando, sabiam que algo o incomodava esposo e que ele estava passando por um momento difícil, as duas prometeram a si mesmas estar ao lado de Fernando, independentemente do que ele estivesse enfrentando. Ao seguirem em direção ao carro, o clima de incerteza e tensão ainda pairava no ar. Rebeca, Léia e Fernando se despediram com abraços e sorrisos, Fernando se esforçava para parecer alegre. Enquanto dirigiam rumo à casa de Léia, o peso das emoções não ditas e dos segredos guardados preenchia o silêncio do carro, deixando um rastro de dúvidas e conflitos no ar. Rebeca quebrou o silêncio e disse para Fernando que não encontrou o endereço de sua advogada, tinha a intenção de convidá-la para a festa de aniversário. Fernando demorou um pouco e disse para Rebeca enviar o convite para a sua secretária no hospital, que ela sabia onde o endereço de Augusta, sua advogada.

Chegaram ao prédio onde Leila reside, que é sofisticado e elegante, situado em uma área residencial nobre da cidade, com sua arquitetura moderna e imponente. O edifício se destaca entre os demais na região, refletindo o bom gosto e o requinte de seus moradores. Além da localização, a estrutura do prédio contribui para sua sofisticação, com áreas de lazer completas, como piscina, academia e salão de festas, os moradores desfrutam de momentos de relaxamento e diversão sem precisar sair de casa. A segurança e a privacidade também são aspectos valorizados no edifício, com portaria 24 horas e sistema de monitoramento. A decoração e o acabamento do prédio refletem o cuidado e a atenção aos detalhes de seus proprietários, os ambientes são decorados com móveis de design e obras de arte, criando uma atmosfera elegante e acolhedora. Cada apartamento é único e personalizado, refletindo o estilo e a personalidade de seus moradores. Fernando estacionou o carro e gentilmente abriu a porta para que Léia entrasse em seu edifício. Despediram-se, Fernando agradeceu a agradável companhia e Léia entrou sob os olhares do porteiro. O casal dirigiu-se à sua residência trocando poucas palavras até o seu destino.

No dia seguinte, Fernando acordou cedo, como de costume tomou um café rapidamente e dirigiu-se ao seu consultório. Já Rebeca ficou mais algumas horas na cama, depois dirigiu-se à sala do café, onde já estavam organizados os jornais que normalmente lê pela manhã, hábito que permanece desde que trabalhava na rede de supermercados de seu pai. Fez uma ligação para a secretária de Fernando solicitando o endereço da advogada, e esta forneceu o endereço de um escritório de advocacia no centro da cidade, onde Augusta ainda mantinha algum contato com seus ex-colegas. Rebeca tomou nota e reproduziu em um envelope, colocou o convite dentro e pediu ao seu motorista que entregasse no local indicado naquele mesmo dia, sem falta.

Ao final da tarde, na Boate Spectro Bar, Augusta estava revisando as compras da boate quando chegou Agnaldo já com seu inseparável copo de whisky. Os dois sócios se cumprimentaram e iniciaram um diálogo sobre os resultados da boate. Estavam muito bons, eles estavam tendo um ótimo resultado financeiro. Augusta perguntou como estava a vida de Agnaldo, sabedora de que ele é um solteirão convicto. Agnaldo respondeu que estava entre altos e baixos, com algumas loiras e outras morenas. Com essa resposta, Augusta abriu um grande sorriso e disse que sua estratégia de separar Fernando estava dando certo, ela contou que estava pressionando muito o médico para que ele tomasse uma atitude. Agnaldo questionou à sócia se ela o amava e por que estava com esse propósito, se era para separar os dois. Augusta disse que tem um grande segredo do passado que envolve a família de Rebeca e ela quer fazer o que prometeu para sua mãe no leito de morte. Agnaldo, que conhece há muito tempo a advogada, disse desconhecer esse segredo. Augusta disse que em breve ele saberá de tudo e que será uma grande surpresa para todos que a conhecem. Nesse momento, o barman Flávio entrou no escritório e disse que tinha uma entrega para Augusta, que um motoboy entregou há pouco. O remetente era o escritório de advocacia de Augusta, Flávio entregou o envelope e saiu para concluir seus afazeres antes que a clientela chegasse para mais uma noite agitada. Augusta pegou o envelope e deixou-o em cima da mesa de trabalho. Nesse meio tempo, entrou no escritório Fernando todo sorridente e abraçou Augusta com muito carinho, ela afastou-o e de imediato questionou Fernando sobre o processo de separação dele, expressando sua frustração por viver um romance às escondidas e não querer ser eternamente a outra. Seus olhos faiscavam de determinação e cansaço enquanto as palavras carregadas de emoção ecoavam no silêncio tenso entre eles. Fernando sentiu um aperto no peito ao encarar Augusta, sua amante de longa data, cuja paciência e lealdade estavam sendo postas à prova, as palavras dela ecoaram em sua mente, pesando como chumbo em sua consciência, ele sabia que não podia continuar adiando a decisão de encerrar seu casamento com Rebeca, mas o medo e a incerteza o paralisavam. A presença de Augusta na sua vida era um lembrete constante das escolhas difíceis que ele teria que fazer, ela representava o desejo proibido e a paixão avassaladora que o consumia, mas também carregava consigo a sombra da dor e do segredo. Fernando sabia que era hora de enfrentar a verdade e encarar as consequências de seus atos.

Enquanto Augusta aguardava uma resposta, Fernando sentiu um turbilhão de emoções invadindo seu coração. A tristeza, a culpa, o desejo e o medo se entrelaçavam em uma dança perigosa, fazendo com que ele se sentisse à beira de um abismo emocional, a voz de Augusta ecoava em sua mente, lembrando-o da necessidade de assumir a responsabilidade por suas escolhas. Com um suspiro pesado, Fernando olhou nos olhos de Augusta e finalmente encontrou a coragem para falar a verdade, ele sabia que não podia mais adiar a decisão que mudaria suas vidas para sempre. Com as palavras presas na garganta, ele se preparou para revelar seus planos e enfrentar as consequências de suas ações, sabendo que o caminho à frente seria cheio de desafios. Fernando olhou nos olhos de Augusta com seriedade e determinação, sentindo o peso das palavras que estavam prestes a sair de sua boca. Com um suspiro, ele revelou que havia consultado um advogado e que este havia recomendado cautela no processo de separação, a expressão de Augusta era uma mistura de surpresa e apreensão, enquanto ela absorvia a gravidade da situação.

Ele explicou que a complexidade do divórcio envolvia muitas propriedades, uma grande empresa e valores significativos em dinheiro, o que tornava o processo ainda mais delicado e complicado. O advogado havia alertado sobre os desafios legais e financeiros que enfrentariam, ressaltando a importância de agir com cuidado e estratégia. Augusta ouviu as palavras de Fernando em silêncio, processando a informação e tentando assimilar a magnitude das questões envolvidas, a realidade da situação se impôs diante deles como uma muralha que precisava ser superada. A perspectiva de uma batalha legal e emocional pela frente pesava em seus ombros, trazendo à tona a gravidade de suas escolhas, enquanto o silêncio pairava entre eles, Fernando sentiu a necessidade de ser honesto e transparente com Augusta, ele sabia que o caminho à frente seria desafiador e incerto, mas estava determinado a enfrentar os obstáculos com muita coragem. A confiança e a lealdade que os uniam seriam testadas, mas ele acreditava que juntos poderiam superar qualquer adversidade que surgisse em seu caminho.

Augusta ouviu atentamente as palavras de Fernando, absorvendo cada detalhe do processo de separação que se desenrolava diante deles, sua expressão era uma mistura de determinação e vulnerabilidade, refletindo a coragem e a incerteza que habitavam seu coração naquele momento crucial. Com um suspiro, Augusta olhou nos olhos de Fernando e expressou sua gratidão por sua honestidade e transparência, ela sabia que o caminho à frente seria desafiador e cheio de obstáculos, mas estava disposta a enfrentá-lo ao lado de Fernando, com coragem. A promessa de estar ao seu lado, "para o que der e vier", ecoava com sinceridade em suas palavras, no entanto Augusta deixou claro que não estava mais disposta a viver nas sombras, a ser a outra em um relacionamento marcado pela clandestinidade e pela falta de reconhecimento público, ela ansiava por uma vida em que seu amor por Fernando pudesse ser vivido abertamente, sem segredos ou mentiras que os mantivessem afastados da felicidade plena que tanto mereciam. Ao expressar seu desejo de não mais viver nas sombras, Augusta reafirmou buscar a verdade, a transparência e a integridade em seu relacionamento com Fernando, ela estava disposta a enfrentar os desafios e as consequências de suas escolhas, desde que fosse ao lado da pessoa que amava e com a convicção de que o amor deles poderia superar qualquer obstáculo. Fernando sentiu um misto de alívio e gratidão ao ouvir as palavras de Augusta, compreendendo a importância de sua busca por autenticidade e liberdade em seu relacionamento, ele sabia que o caminho à frente seria difícil, mas também estava determinado a honrar o compromisso mútuo que compartilhavam, buscando uma vida de amor e felicidade plena, livre das sombras do passado. Com um sorriso trêmulo e um olhar de confiança, Fernando segurou as mãos de Augusta, prometendo caminhar ao seu lado em direção a um futuro marcado pela luz da verdade e pela força do amor que os unia. Eles estavam prontos para enfrentar os desafios e as incertezas que o destino reservava, confiantes de que, juntos, poderiam superar qualquer obstáculo que surgisse em seu caminho.

Augusta, com o coração pulsando de emoção e determinação, observava silenciosamente os desdobramentos do seu plano para separar Fernando e Rebeca, cada passo cuidadosamente planejado estava se desenrolando diante de seus olhos e ela sabia que era hora de avançar, de seguir em frente rumo ao desfecho que tanto almejava. A sensação de poder e controle a envolvia, alimentando sua confiança e determinação em alcançar seu objetivo. Augusta sabia que não seria uma jornada fácil, mas estava disposta a enfrentar os desafios e as consequências de suas ações, ciente do impacto que suas escolhas teriam em sua vida. Com um sorriso de satisfação nos lábios, Augusta tomou uma decisão, ela estava pronta para dar o próximo passo, para mergulhar de cabeça no turbilhão de emoções e reviravoltas que aguardavam à frente. A determinação brilhava em seus olhos, refletindo a coragem e a ousadia que a impulsionavam em direção ao desconhecido. Enquanto se preparava para seguir em frente, Augusta sabia que o caminho à sua frente seria desafiador e cheio de incertezas, mas ela também sabia que estava disposta a enfrentar qualquer obstáculo, a superar qualquer adversidade em busca da realização de seus desejos mais profundos e da conquista da vingança que prometeu à sua mãe quando de sua morte. Com um último olhar de determinação, Augusta deu o primeiro passo em direção ao seu destino, pronta para enfrentar as consequências de suas escolhas e para moldar o rumo de sua própria história. Ela estava determinada a seguir em frente, confiante de que, no final, encontraria a felicidade e a realização que tanto buscava. O futuro era incerto, mas Augusta estava pronta para enfrentar o desafio, com coragem e a certeza de que triunfaria no final.

Após o momento de decisão e cumplicidade entre Augusta e Fernando, um breve silêncio tomou conta do ambiente, preenchendo o ar com uma tensão carregada de expectativas e emoções. Os olhares amorosos trocados entre eles falavam mais do que mil palavras, revelando a conexão profunda e intensa que os unia. Em um gesto espontâneo e cheio de entusiasmo, Augusta convidou Fernando para entrar na boate, buscando um pouco de diversão para completar de forma maravilhosa a noite que prometia ser inesquecível. O convite era para celebrar a vida, o amor e a liberdade, deixando para trás as preocupações e os desafios que os aguardavam no caminho. Fernando, tocado pela energia contagiante de Augusta, sorriu e aceitou o convite com entusiasmo, sentindo a leveza e a alegria que a proposta trazia consigo, ele sabia que aquela noite seria especial, marcada pela promessa de novas experiências, de risos compartilhados e de momentos de descontração e felicidade. Ao adentrarem a boate, o som pulsante da música envolveu-os, criando uma atmosfera vibrante e animada. Os holofotes coloridos iluminavam a pista de dança, convidando-os a se perderem na magia do momento e a dançarem ao ritmo da música que ecoava no ar. Augusta e Fernando dançaram juntos, entregando-se à música e à alegria do momento, deixando de lado as preocupações e as tensões do passado. A cumplicidade e a conexão entre eles se intensificaram, fortalecendo o vínculo que os unia e enchendo seus corações de gratidão e amor. Enquanto a noite avançava e a diversão fluía, Augusta e Fernando celebravam a vida, o amor e a liberdade que encontravam um no outro, a felicidade brilhava em seus olhos, refletindo a beleza e a magia daquela noite maravilhosa, que ficaria marcada para sempre em suas memórias como um momento de pura felicidade e realização. Juntos, eles dançavam sob as estrelas, envolvidos pelo amor e pela alegria que os unia, prontos para viver intensamente cada instante daquela noite mágica. Após dançarem e beberem para comemorar o momento, Fernando convidou Augusta para irem ao motel de costume para terminar a noite, o que a bela mulher aceitou com muito gosto.

Ao emergirem da atmosfera íntima do motel, a luz do dia banhava Augusta e Fernando, revelando a realidade do novo amanhecer que se aproximava. Com passos serenos, eles seguiram com o carro de Fernando em direção ao estacionamento da boate, onde seus destinos se separariam temporariamente. Ao chegarem ao estacionamento, um silêncio confortável pairou entre eles, preenchido pelo entendimento mútuo e pela conexão profunda que os unia. Fernando conduziu Augusta com gentileza, mantendo o respeito e a ternura que marcavam a relação entre eles, mesmo diante das complexidades e dos desafios que enfrentavam. Em um gesto carinhoso e significativo, Fernando despediu-se de Augusta com um beijo fervoroso, expressando seu afeto e sua gratidão pela noite vivida. O calor do beijo refletia o amor e a cumplicidade que compartilhavam, fortalecendo o laço que os unia e alimentando a esperança de um futuro repleto de possibilidades e novos começos. Augusta, com um sorriso nos lábios e um brilho nos olhos, agradeceu a Fernando pelo momento compartilhado, pela alegria e pela companhia que ele havia lhe proporcionado, ela compreendia a importância da separação temporária, a necessidade de cuidar de suas responsabilidades na boate e de enfrentar os desafios que surgiam em seu caminho. Enquanto Augusta seguia em direção à boate, pronta para tomar as providências administrativas necessárias, Fernando partia em direção ao hospital, mergulhando em sua rotina diária e nos desafios que a vida lhe apresentava. Ele sabia que o caminho à frente seria repleto de obstáculos e incertezas, mas estavam determinados a enfrentá-los com coragem e determinação, confiantes de que o amor e a cumplicidade que compartilhava com Augusta os guiariam rumo a novos horizontes de felicidade e realização. Enquanto o Sol brilhava no céu, iluminando o caminho de Augusta e Fernando, eles sabiam que aquele novo dia representava não apenas o fim de uma noite memorável, mas também o início de novos começos, de novas oportunidades e de um futuro repleto de promessas e possibilidades. Juntos ou separados, eles estavam prontos para enfrentar o que quer que o destino reservasse, confiantes de que o amor e a força que os uniam os guiariam em direção à felicidade e ao sucesso que tanto almejavam.

Augusta entrou na boate com determinação e propósito, dirigindo-se diretamente ao escritório, onde sua mesa de trabalho aguardava por ela. A luz suave do ambiente banhava o espaço, criando uma atmosfera acolhedora e familiar que a envolvia com conforto e segurança. Ao se sentar, Augusta sentiu uma mistura de curiosidade e emoção ao se lembrar do envelope que havia recebido do escritório de advocacia na noite anterior. Com as mãos trêmulas, ela pegou o envelope e o abriu lentamente, revelando o conteúdo que ali estava guardado. Seus olhos se iluminaram ao observar o convite elegante que repousava dentro do envelope, era um convite para o aniversário de Fernando, uma celebração especial que prometia reunir amigos e familiares em uma festa memorável em homenagem ao amado médico. Augusta sorriu ao ler as palavras gentis e calorosas do convite, sentindo-se honrada por ser incluída em um momento tão significativo na vida de Fernando, ela sabia que aquele convite representava não apenas uma celebração de aniversário, mas também uma oportunidade de compartilhar momentos preciosos ao lado de quem amava, porém uma dúvida pairou em sua cabeça, por que ele não entregou pessoalmente, ele sabia que o endereço do escritório de advocacia era apenas uma fachada. Com o coração apertado e a mente cheia de dúvidas, Augusta decidiu ligar para o número indicado no RSVP do convite, buscando esclarecer a situação e entender melhor o contexto por trás daquele gesto inesperado. Uma voz feminina muito educada atendeu a ligação, identificando-se como funcionária da empresa de eventos contratada e prontificando-se a esclarecer as dúvidas de Augusta. A descoberta de que o convite para o aniversário de Fernando havia sido enviado por Rebeca, esposa de Fernando, deixou Augusta em um misto de surpresa e confusão, ela não esperava que a esposa do médico estivesse envolvida na organização da festa, o que trouxe à tona uma série de questionamentos e reflexões em sua mente. Diante das palavras gentis e respeitosas da funcionária, Augusta sentiu um misto de emoções, ela agradeceu as informações e confirmou sua presença na festa de aniversário. Após desligar o telefone, Augusta pensou que o aniversário de Fernando será uma oportunidade de confrontar-se com Rebeca, conhecer melhor sua "rival".

Enquanto Augusta refletia sobre a revelação surpreendente envolvendo o convite para o aniversário de Fernando, ela foi interrompida por Agnaldo, que entrou no escritório com sua habitual presença descontraída e um sorriso nos lábios. Com um ar jocoso, Augusta brincou com Agnaldo sobre o copo de whisky que costumava acompanhar o colega em seus dias de trabalho. Agnaldo, com um sorriso divertido, respondeu de forma descontraída, explicando que era muito cedo para apreciar uma bebida alcoólica naquele momento do dia. A troca de brincadeiras entre eles trouxe um clima leve e descontraído ao ambiente, aliviando a tensão que Augusta havia sentido após a revelação envolvendo o convite para o aniversário de Fernando. Com a curiosidade aguçada, Augusta decidiu compartilhar com Agnaldo o convite que havia recebido e pediu a opinião do colega sobre a situação. Agnaldo, com sua perspicácia e sabedoria, ponderou sobre a importância de Augusta comparecer ao evento e comportar-se com dignidade e profissionalismo, lembrando-a de sua posição como advogada de Fernando e não como sua amante.

As palavras de Agnaldo ressoaram na mente de Augusta, fazendo-a refletir sobre a complexidade da situação e a necessidade de agir com cautela e sensatez diante dos desafios que se apresentavam. Ela compreendeu a importância de manter a ética e a integridade em suas ações, respeitando os limites e as expectativas de todas as partes envolvidas. Com gratidão pela orientação de Agnaldo, Augusta sentiu-se fortalecida e confiante para enfrentar o encontro iminente com Rebeca durante o aniversário de Fernando, ela sabia que aquela seria uma oportunidade de confrontar-se com suas emoções e seus sentimentos, de buscar a harmonia e o equilíbrio em meio às complexidades do coração. Enquanto Agnaldo se despediu com um sorriso cúmplice, Augusta agradeceu as palavras sábias e o apoio do amigo, sabendo que poderia contar com ele em meio às tempestades que a vida lhe reservavam, então começou a se preparar para o evento que poderia mudar o rumo de sua história, pronta para enfrentar as adversidades com a força e a serenidade que residiam em seu coração.

Seguiu para um bairro chique da cidade, onde se encontrava a boutique Santuário da Moda, uma loja exclusiva, um verdadeiro santuário da moda para mulheres sofisticadas, com vitrines deslumbrantes e um interior luxuoso. É o lugar onde as mulheres ricas vão em busca das últimas tendências e peças únicas, cada detalhe da loja exala elegância e bom gosto, desde os manequins impecavelmente vestidos até o aroma suave de perfumes de grife no ar. Augusta foi recebida por uma consultora de estilo atenciosa, pronta para ajudá-la a encontrar a combinação perfeita. Os tecidos finos e as modelagens impecáveis das roupas refletem a qualidade e exclusividade que só esse estabelecimento oferece, das peças de alta costura aos acessórios requintados, cada item é escolhido a dedo para atender aos padrões mais exigentes, mesmo com preços que refletem a exclusividade das peças. Augusta frequenta esta loja e sabe que está investindo em qualidade e estilo atemporais, sabe que nessa boutique a moda não é apenas uma tendência passageira, mas sim um estilo de vida, cada compra é uma experiência única, um momento de indulgência e autoexpressão para as mulheres que buscam o luxo em cada detalhe de seu guarda-roupa.

Após dispender parte da tarde para escolher sua roupa e demais acessórios para o grande evento, Augusta resolveu ir a Itaberá para ver sua casa e resolver alguns detalhes de sua vida na pequena cidade. Tomou o rumo da rodovia, dirigindo com segurança e observando a transformação da paisagem, com a natureza se revelando em sua forma mais pura e calma, a estrada sinuosa levando Augusta para lugares onde o tempo parece se estender, sem pressa. As casinhas simples pontuam a paisagem bucólica, com suas janelas floridas e varandas pitorescas, tão simbólicas, o silêncio acolhedor do campo traz paz ao coração e a brisa suave acaricia a alma em pura conexão. Os campos se estendem, dourados pelo Sol poente, e o canto dos pássaros preenche o ar suavemente. Envolta em pensamentos agradáveis, Augusta chegou ao seu destino, encontrando pelas ruas de Itaberá pessoas conhecidas e que trazem boas recordações de sua infância e meninice. Ao passar pela frente da padaria do senhor Manoel veio em sua lembrança o cheiro irresistível do pão saindo do forno e das cucas com diversos recheios saborosíssimas. Augusta estava muito feliz com esse retorno à sua cidade, chegando em sua casa abriu janelas para arejar as peças e sentir a brisa suave da noite chegando aos poucos.

Na manhã seguinte, Augusta despertou com uma mistura de expectativa e tranquilidade no coração. Decidida a enfrentar o novo dia, ela levantou-se cedo, vestiu-se com cuidado e saiu de casa, deixando para trás os resquícios da noite anterior. O Sol nascia no horizonte, pintando o céu com tons dourados e alaranjados, anunciando um dia cheio de possibilidades e surpresas. Augusta decidiu fazer uma parada na Confeitaria Doce Maior, um local aconchegante e acolhedor que sempre trazia boas lembranças e sabores reconfortantes. Ao adentrar a confeitaria, o aroma delicioso de café recém-passado e pães frescos envolveu Augusta, trazendo-lhe uma sensação de acolhimento e familiaridade, ela escolheu uma mesa próxima à janela, permitindo que a luz do Sol dourado iluminasse o ambiente e aquecesse seu rosto sereno. O cardápio repleto de opções tentadoras despertou o apetite de Augusta, que decidiu saborear um cappuccino cremoso e um *croissant* de chocolate, suas delícias favoritas. Enquanto aguardava o pedido, ela observava as pessoas que transitavam pela confeitaria, cada uma com sua história e seu destino, criando um mosaico colorido e diversificado de vidas entrelaçadas. Enquanto degustava o café quente e o croissant macio, Augusta permitiu-se saborear cada mordida com gratidão e apreciação, reconhecendo a importância dos pequenos momentos de prazer e tranquilidade em meio à agitação do cotidiano, ela sentia-se em paz consigo mesma, conectada ao presente e aberta às possibilidades que o novo dia poderia trazer. Com o coração leve e o espírito renovado, Augusta agradeceu a refeição reconfortante e despediu-se da Confeitaria Doce Maior, pronta para seus afazeres na cidade.

Próximo ao meio-dia, com todas as questões resolvidas na cidade, Augusta decidiu retornar à sua residência para buscar seu carro e empreender a viagem de volta à cidade grande. Enquanto caminhava pelas ruas conhecidas, seu coração estava repleto de pensamentos e boas emoções durante sua estadia naquela cidade tranquila. Foi então que, inesperadamente, Augusta avistou George no caminho à sua frente, ela o cumprimentou de forma breve e distante, desviando o olhar e seguindo adiante, como se quisesse evitar um encontro mais prolongado e íntimo. Por um instante, Augusta sentiu uma pontada de arrependimento por não ter se permitido uma conversa, por ter agido de forma tão distante e reservada diante de George, ela sabia que suas interações anteriores haviam sido marcadas por tensões e mal-entendidos, mas agora, perante a oportunidade de um encontro casual, ela se questionava se poderia ter agido de forma diferente. Enquanto continuava seu caminho em direção à sua residência, a mente de Augusta estava repleta de pensamentos e questionamentos, ela se perguntava se teria sido mais sábio e maduro abrir-se para uma conversa sincera com George, colocando um ponto-final nas desavenças e nos ressentimentos que os separavam. A sensação de arrependimento crescia dentro de Augusta, pesando em seu coração e em sua consciência, ela percebeu que, talvez, a oportunidade de resolver as questões pendentes com George tivesse sido perdida naquele momento fugaz e rápido de cruzamento de caminhos. Com um suspiro resignado, Augusta continuou em direção à sua residência, levando consigo a inquietude e a incerteza de não ter agido de forma diferente diante de George, ela refletia sobre a importância da comunicação aberta, prometendo a si mesma estar mais receptiva quando o visse novamente.

George sentiu seu coração bater mais forte ao encontrar Augusta na rua, um misto de emoções o invadiu, ele estava determinado a tentar uma reaproximação, compreendendo que a vida amorosa dela não lhe dizia respeito, mas ainda assim queria ter a chance de esclarecer mal-entendidos e ressentimentos passados. Com a esperança no olhar, George foi em direção a Augusta, com passos decididos e um sorriso tímido nos lábios, no entanto, ao cumprimentá-la, recebeu apenas um gesto seco e distante em resposta. Augusta não deu oportunidade para uma conversa, cortando qualquer possibilidade de diálogo entre eles naquele momento. Desapontado, George viu-se sem palavras, observando Augusta afastar-se sem olhar para trás, ele compreendeu que o momento não era propício para tentar uma aproximação, respeitando o espaço e as decisões da bela mulher. Com um suspiro resignado, George seguiu seu caminho em direção à rodoviária, onde embarcaria para seus compromissos no hospital. Enquanto aguardava o transporte, George refletiu sobre o encontro fugaz com Augusta, sobre as emoções conflitantes que aquele momento trouxera à tona, ele sabia que as relações interpessoais nem sempre seguiam o curso desejado e que o tempo e a paciência muitas vezes eram necessários para que as feridas do passado pudessem ser cicatrizadas. George partiu rumo aos seus compromissos, levando consigo a esperança de que um dia, talvez, Augusta estivesse mais receptiva a uma conversa sincera e a uma possível reconciliação. Enquanto isso, ele seguiria seu caminho, respeitando o tempo e o espaço de cada um.

Ao chegar ao hospital, George foi prontamente chamado por Fernando para verificar o progresso da implantação dos novos equipamentos e o treinamento da equipe. Sem hesitar, George relatou que a importante tarefa foi cumprida, garantiu que tudo estava funcionando conforme o planejado e que a equipe estava devidamente preparada para lidar com as novas tecnologias e procedimentos. George conseguiu acompanhar de perto cada etapa do processo, oferecendo suporte e orientação sempre que necessário. Fernando mostrou-se satisfeito com o trabalho de George, reconhecendo sua competência e comprometimento com o hospital. Ao final do dia, após encerrar seus afazeres no hospital, George dirigiu-se à casa de seu tio Vicente, o ambiente acolhedor e familiar trouxe-lhe um conforto bem-vindo após um dia intenso de trabalho.

Dulce e Vicente receberam George com sorrisos calorosos e seu tio convidou-o para juntos terminarem de preparar o jantar. Após compartilhar uma refeição e colocar a conversa em dia, enquanto desfrutavam da companhia um do outro, George contou seu encontro com Augusta e ouviu os conselhos do tio Vicente, oriundos de uma vida repleta de experiências e aprendizados. Vicente é um homem com conhecimento da vida e suas palavras carregam o peso da sabedoria acumulada ao longo dos anos. Após ouvir atentamente o relato de

George sobre o amor não correspondido por Augusta e o encontro frustrante na rua em Itaberá, tio Vicente, um homem justo e com conhecimento da vida, ofereceu alguns conselhos preciosos ao seu sobrinho. Vicente disse:

— George, vamos para a varanda, há algo que eu gostaria de conversar com você.

— Claro, tio Vicente. O que gostaria de me dizer?

— Quero falar sobre a importância de valorizar sua própria felicidade e bem-estar. Às vezes nos envolvemos em situações complicadas e nos esquecemos de priorizar o que realmente importa: nossa própria realização e contentamento.

— Entendo, tio. É algo que tenho refletido ultimamente. Agradeço suas palavras.

— Além disso, quero falar sobre a escolha e os sentimentos de Augusta. Mesmo que não seja um amor correspondido, é essencial respeitar e compreender os sentimentos dela. Cada um de nós busca a felicidade à sua maneira e é fundamental respeitar as decisões e emoções dos outros, mesmo que não as compartilhemos.

— Isso faz muito sentido, tio. Acho que às vezes nos esquecemos de considerar o ponto de vista e os sentimentos das outras pessoas. Vou levar suas palavras em consideração.

— Lembre-se, George, a empatia e o respeito são essenciais nas relações humanas. Valorize sua própria felicidade, mas também esteja atento aos sentimentos e às escolhas dos outros. Assim, construiremos relações mais saudáveis e significativas.

— Obrigado, tio Vicente. Suas palavras são valiosas e me fazem refletir sobre como posso agir de maneira mais consciente em relação aos outros e a mim mesmo. Agradeço o conselho e a orientação.

— Estou sempre aqui para você, George. Saiba que pode contar comigo para o que precisar. Busque sua felicidade, mas nunca se esqueça da importância de respeitar e compreender aqueles ao seu redor. Juntos podemos construir laços mais fortes e significativos.

George, aprendendo com essa experiência, seja ela positiva ou negativa, destacou que os momentos de desilusão amorosa podem ser oportunidades de crescimento pessoal e autoconhecimento, Vicente sugeriu que George se concentrasse no presente e nas oportunidades que se apresentam em sua vida agora, em vez de ficar preso ao passado ou a uma situação que não pode controlar. Com seus conselhos sábios e acolhedores, tio Vicente guiou George para enfrentar essa situação amorosa com maturidade, autoestima e respeito, lembrou a seu sobrinho que o amor verdadeiro vem acompanhado de respeito, reciprocidade e compreensão mútua e que, no momento certo, tudo se encaixará conforme a vontade do destino. Após um jantar agradável e repleto de conversas significativas, George deu um beijo de boa noite em sua tia e em seu tio Vicente, agradecendo a hospitalidade e o carinho recebido, recolhendo-se ao seu quarto com o coração cheio de gratidão e amor pela família que o cercava, oportunizando uma boa noite de sono.

A VISITA DO POLICIAL

A noite estava começando animada na boate, com a música alta e as luzes coloridas criando uma atmosfera vibrante e envolvente. Os clientes dançavam e se divertiam, enquanto o barman Flávio servia bebidas com habilidade e simpatia. Na entrada da boate estava o investigador Moreira, um homem sério, que se dirigiu diretamente ao barman perguntando pelo proprietário da boate. Flávio, surpreso com a presença do investigador, respondeu que o proprietário estava no escritório e se prontificou a guiá-lo até lá. O policial Moreira caminhou pelos corredores movimentados da boate até chegar ao escritório do proprietário. Lá dentro, Flávio anunciou a chegada do investigador, que adentrou o ambiente com expressão séria e olhar perspicaz. Agnaldo e Augusta receberam o investigador com cordialidade, mas também com certa apreensão. Moreira parecia determinado e concentrado, dando início a uma conversa que logo se mostrou séria e investigativa. Enquanto a noite continuava lá fora, dentro do escritório da boate, o investigador Moreira questionava o que sabiam sobre um traficante chamado Nei, pois este estava no hospital gravemente ferido e disse que foi espancado na boate.

Agnaldo tomou a frente e disse que o conhecem, que por algumas vezes o expulsaram da boate, que faz alguns dias que não o veem mais, mas que nunca o agrediram, apenas o conduziram para fora da boate para evitar que ele vendesse sua mercadoria no recinto e que não sabem do paradeiro do jovem. Moreira fez algumas perguntas, pois o mistério pairava no ar e cabia ao investigador desvendar o que aconteceu. A colaboração de Agnaldo e Augusta impressionaram Moreira, que pediu para ver os vídeos da última noite em que Nei esteve na boate. Os dois proprietários disseram que veriam isso como o técnico que instalou as câmeras e, se ainda tiverem as imagens, sem problema algum forneceriam. Moreira quis saber o nome e endereço de quem instalou os equipamentos, Agnaldo forneceu o nome e o endereço do hospital, pois era o que possuíam. Moreira se disse satisfeito com as informações e saiu do escritório agradecendo a colaboração de todos.

O investigador Moreira, ao observar com curiosidade o endereço do técnico que instalou as câmeras na boate, percebeu algo intrigante, o endereço era o mesmo do hospital onde estava internado Nei, o traficante que levou uma surra de alguém. Essa descoberta levantou diversas questões e suspeitas na mente do investigador, seria apenas uma coincidência o fato de o técnico e o traficante estarem no mesmo hospital? Ou haveria uma ligação mais profunda entre os dois eventos? Determinado a desvendar essa conexão misteriosa, Moreira decidiu investigar mais a fundo tanto o histórico do técnico quanto as circunstâncias que levaram Nei a ser internado no hospital. Ele sabia que essa descoberta poderia ser crucial para desvendar o mistério por trás da surra sofrida pelo traficante e, quem sabe, revelar outros segredos que poderiam estar escondidos naquele hospital. Com sua perspicácia, o investigador Moreira seguia as pistas para desvendar esses eventos aparentemente desconexos, a verdade estava lá fora, esperando para ser revelada, e cabia a ele elucidar o enigma e trazer à tona a verdade por trás desses acontecimentos intrigantes.

O investigador Moreira, ao chegar ao hospital, foi direto à sala de George, que o recebeu com surpresa. George não estava esperando a visita do investigador e se questionou sobre o motivo da presença dele ali. Moreira, com sua habitual seriedade, informou a George a conexão entre o endereço do técnico das câmeras da boate e o hospital onde Nei, o traficante espancado, estava internado. George ficou intrigado com essa revelação, mas manteve a calma e a disposição para colaborar com as investigações. Ele prontamente perguntou ao investigador quais datas ou períodos específicos ele desejava revisar nos vídeos das câmeras de segurança da boate. George explicou ao investigador que, com o salvamento na nuvem, a gravação era armazenada online automaticamente, não havendo necessidade de converter o arquivo ou carregá-lo manualmente, bastava acessar a página de gravação, podendo reproduzir, baixar e inclusive compartilhar o link da gravação. Com a concordância de George em mostrar os vídeos das câmeras de segurança, o investigador Moreira começou a revisar as imagens em busca de pistas que pudessem ajudar a desvendar o mistério por trás da surra sofrida por Nei e da conexão com o técnico das câmeras. George acompanhou atentamente a análise das imagens, ansioso para descobrir o que os vídeos poderiam revelar e ajudar a esclarecer os acontecimentos recentes. George viu algo que chamou sua atenção, Fernando e Augusta trocando carícias em uma mesa no canto. Quando chegaram Agnaldo e Flávio no local onde o casal estava, parecia que quem dava ordens era Augusta, isso passou desapercebido por Moreira, pois ele conhece os proprietários e vê como normal. Moreira estava atento à condução de Nei para fora da boate e 36 minutos após os mesmos que saíram com Nei retornaram e disseram algo para Augusta sem muita alteração. Isso fez com que o investigador ficasse satisfeito e acreditasse que o pessoal da boate não tinha nada a ver com o espancamento do traficante Nei.

Intrigado com o que viu nas imagens das câmeras de segurança, George ficou perturbado com a aparente presença de Augusta dando ordens aos funcionários da Boate Spectro Bar. A imagem que ele tinha dela como uma mulher doce e reservada parecia se desfazer diante dessa nova perspectiva e ele sentiu a necessidade de esclarecer as coisas pessoalmente. Decidido a tirar suas próprias conclusões e descobrir o verdadeiro papel de Augusta na boate, George planejou uma visita à casa de entretenimento, ele sabia que essa jornada podia revelar segredos e verdades desconfortáveis, mas estava determinado a enfrentar a realidade e descobrir a verdade sobre a mulher que ele ama e achava conhecer. Ao chegar à Boate Spectro Bar, George foi recebido com surpresa pelos funcionários, que o reconheceram como o rapaz que instalou as câmeras de segurança no local, o conduziram a uma mesa e avisaram Agnaldo sobre o inesperado novo cliente. Era ainda cedo, a boate estava recém-iniciando suas atividades e tinha pouco movimento, porém George já via Augusta em plena atividade, ordenando algo para os garçons, passou na mesa em que estava acomodado, em direção ao DJ, quando observou a presença de George. Ao se deparar com Augusta, George sentiu uma mistura de sentimentos, decepção, incredulidade e curiosidade, ele sabia que se tivesse oportunidade de conversar com Augusta poderia mudar tudo o que ele pensava saber sobre ela e estava preparado para ouvir as explicações dela, mas também determinado a descobrir a verdade por trás de suas ações na boate. Augusta viu o rapaz e sentou-se ao seu lado para um diálogo, pronta para dizer toda verdade, e esperava que George entendesse sua posição e sentimentos. A visita de George à Boate Spectro Bar prometia ser um momento crucial na investigação dos mistérios que cercam a vida de Augusta, pois estava disposto a enfrentar a verdade, por mais dolorosa que fosse, e descobrir o verdadeiro significado da presença de Augusta naquele ambiente de entretenimento noturno.

Durante a conversa entre George e Augusta na Boate Espectro Bar, Augusta relatou detalhadamente como conheceu Agnaldo e como se tornou sócia dele no estabelecimento, ela também compartilhou a história de como conheceu Fernando, um frequentador assíduo da boate, e como os dois se apaixonaram. A narrativa envolvente e cheia de detalhes fez com que a conversa se estendesse por aproximadamente duas horas, com George ouvindo atentamente cada palavra e tentando compreender melhor a situação. No meio da conversa, Agnaldo, o sócio de Augusta, chegou à mesa e solicitou a presença dela para resolver uma questão urgente relacionada à boate. Com um sorriso nos lábios, Augusta se despediu de George, agradecendo a conversa e dizendo que esperava ter conseguido satisfazer seu desejo de saber. George, após ouvir a história de Augusta, ficou com sentimentos conflitantes, por um lado, ele compreendia melhor a situação e as relações dentro da boate, mas, por outro, ainda havia muitas questões em aberto que precisavam ser respondidas. Ele agradeceu a Augusta pela sinceridade e se comprometeu a guardar segredo, pois, no seu entendimento, a vida de Augusta pertencia a ela e aos eventos misteriosos que cercavam a boate e as pessoas envolvidas nela. Enquanto Augusta se afastava para resolver os assuntos da boate, George ficou pensativo, refletindo sobre as revelações que acabou de ouvir e acreditando ser um episódio encerrado em sua vida. A noite na Boate Spectro Bar continuou agitada, mas agora, com essas novas informações, George estava determinado a viver sua vida conforme os conselhos de seu tio Vicente e deixar para trás os segredos que ainda estavam por trás daquele ambiente de entretenimento noturno.

Enquanto Augusta e George conversavam animadamente em uma mesa de canto na boate, Fernando entrou apressadamente e seguiu diretamente para o escritório. Sem perceber a presença de Augusta no local, sua entrada chamou a atenção de Agnaldo, que prontamente se aproximou de Augusta para informá-la sobre a chegada de Fernando. Agnaldo, com um olhar de urgência e importância, abordou Augusta e a convidou a acompanhá-lo até o escritório, onde Fernando estava reunido. Surpresa e um pouco confusa com a situação, Augusta se desculpou com George e seguiu Agnaldo em direção ao escritório, sem saber ao certo o motivo da convocação. Enquanto caminhavam pelos corredores da boate em direção ao escritório, Agnaldo explicava rapidamente a Augusta a presença de Fernando e acreditava que ela não gostaria que houvesse o encontro de Fernando com George. Augusta agradeceu a boa iniciativa de Agnaldo.

Ao adentrarem o escritório, Augusta se deparou com Fernando, que a recebeu com um sorriso gentil e a convidou a se sentar e tomar um drink. De imediato Augusta iniciou com a cobrança que já se tornou repetitiva, sobre quais medidas ele estava tomando para iniciar o processo de divórcio. A conversa se desenrolou a partir daquele momento em tom áspero, o médico narrava que estava tomando providências e que seria após a festa de seu aniversário, pois seria impróprio tomar qualquer atitude antes. Augusta se acalmou, baixou o tom de voz e sentou-se no sofá, aceitando o drink de Fernando, mais calma, iniciaram uma conversa mais amistosa. Nesse momento Agnaldo disse que precisava resolver algumas situações na boate e os deixou a sós, os dois trocaram carícias e resolveram ir para o motel de costume.

No trajeto até o motel, Augusta, tentando manter a compostura e disfarçar sua surpresa com a inesperada situação, retornou ao assunto da conversa anterior de forma mais controlada, ela procurou manter o tom da conversa leve e descontraído, sem mencionar o convite que recebeu para o aniversário e sua intenção de comparecer, apesar de estar curiosa e ansiosa para compartilhar a novidade com Fernando. Augusta decidiu manter essa informação em segredo por enquanto, ela preferia aguardar o momento oportuno para revelar sua decisão de comparecer ao aniversário, talvez esperando por um clima mais propício ou por uma abertura natural na conversa. Enquanto isso, Augusta e Fernando continuaram a conversar durante o trajeto, trocando amenidades e assuntos do dia a dia, mantendo a atmosfera descontraída e agradável. A curiosidade e a expectativa de Augusta em relação ao desenrolar da situação se misturaram com a vontade de surpreender Fernando com sua presença no evento, assim, Augusta decidiu guardar o convite para o aniversário como uma surpresa, aguardando o momento certo para compartilhar essa informação e revelar sua decisão de comparecer. Enquanto isso, ela aproveitou o momento presente ao lado de Fernando, desfrutando da companhia e da conversa agradável durante o trajeto até o motel.

No dia seguinte, Fernando marcou uma consulta com seu advogado, especialista em Direito de família, para discutir e expor sua situação em relação à sua separação de Rebeca e todas as questões envolvidas. Durante a consulta, ele abordou temas sensíveis, como divisão de bens, questões financeiras, propriedades e sua participação na rede de supermercados fundada pelo pai de Rebeca. Com a orientação e expertise do advogado, Fernando detalhou a situação do seu casamento, as circunstâncias da separação e os desafios enfrentados no processo de divórcio, ele expôs suas preocupações com relação à partilha de bens, os aspectos financeiros envolvidos, incluindo investimentos e contas bancárias compartilhadas, assim como a questão das propriedades e a sua participação na empresa familiar.

O advogado, munido de todas as informações fornecidas por Fernando, analisou a situação com cuidado e atenção, orientando-o sobre os seus direitos e deveres legais no processo de divórcio, ele discutiu estratégias para proteger os interesses do seu cliente, garantindo que seus direitos sejam respeitados e que a divisão de bens seja justa e equitativa. Durante a consulta, foram discutidos também os aspectos emocionais e familiares envolvidos na separação, visando encontrar soluções que minimizem conflitos e preservem o bem-estar de todos os envolvidos. Ao final da reunião, Fernando saiu do escritório do advogado com mais clareza sobre os próximos passos a serem tomados no processo de divórcio e sentindo-se amparado e orientado para enfrentar os desafios que estão por vir. Ele sabia que teria o suporte necessário para lidar com as questões legais e burocráticas da separação, permitindo-lhe seguir em frente e iniciar um novo capítulo em sua vida. A maior preocupação de Fernando era a possibilidade de Rebeca não aceitar a separação.

Diante da preocupação de Fernando com a possibilidade de Rebeca não aceitar a separação e iniciar uma batalha judicial que poderia ser custosa e prolongada, seu advogado tranquilizou-o, afirmando que, caso fosse necessário seguir por esse caminho, existiam recursos jurídicos e estratégias legais que poderiam ser colocados em ação para proteger seus interesses. O advogado destacou que, embora o litígio possa ser desgastante e oneroso, é importante estar preparado para defender seus direitos e buscar uma solução justa e equitativa no processo de divórcio. Ele ressaltou que, em casos de conflito, é fundamental contar com a orientação e representação de um profissional experiente e capacitado, que possa conduzir o caso de forma eficaz e assertiva.

O advogado discutiu com Fernando as possíveis estratégias legais a serem adotadas em caso de litígio, como medidas judiciais para proteção de bens, pensão alimentícia, entre outros aspectos relevantes do divórcio. Ele explorou as opções disponíveis e orientou Fernando sobre os possíveis desdobramentos do processo, de modo a prepará-lo para os desafios que poderiam surgir ao longo da batalha judicial. Além disso, o advogado enfatizou a importância da comunicação eficaz e da busca por soluções amigáveis e consensuais sempre que possível, visando minimizar conflitos e custos desnecessários no processo de separação. Ele ressaltou que a negociação e a mediação podem ser alternativas viáveis para resolver impasses e alcançar acordos satisfatórios para ambas as partes. Com o suporte e a orientação do seu advogado, Fernando sentiu-se mais confiante e preparado para enfrentar os desafios que poderiam surgir no processo de divórcio, sabendo que teria o respaldo necessário para proteger seus interesses e buscar uma resolução justa e equitativa para a situação.

Enquanto isso acontecia, Rebeca e Léia estavam atarefadas tomando as últimas providências para a festa de aniversário com entusiasmo. Elas organizaram os detalhes finais para garantir que a celebração fosse memorável e especial. Léia, sua fiel amiga e cúmplice na organização da festa, colaborava ativamente, ajudando a escolher a decoração, organizar as surpresas e cuidar de todos os detalhes para que a comemoração fosse um sucesso. A atmosfera de preparativos trouxe uma mistura de sentimentos, entre a nostalgia do passado e a esperança de novos começos. Enquanto trabalhavam juntas, Rebeca e Léia compartilhavam lembranças, risadas e momentos de cumplicidade, reafirmando a importância da amizade e do apoio mútuo. A festa de aniversário tornou-se não apenas uma celebração da vida e das conquistas, mas também um momento de reflexão e gratidão pelas experiências vividas e pelas pessoas que fazem parte de sua história, com cada detalhe cuidadosamente planejado e executado. A festa prometia ser um evento inesquecível, repleto de emoções, surpresas e alegrias. Rebeca e Léia, unidas pelo desejo de proporcionar um momento especial ao aniversariante, demonstravam que a amizade e o respeito mútuo são valores que transcendem as diferenças e fortalecem os laços de união e afeto.

Os convidados para a festa de aniversário de Fernando demonstraram diferentes reações ao receberem o convite, refletindo a diversidade de relações e expectativas entre as pessoas presentes. A maioria dos convidados, especialmente os amigos de longa data do casal Fernando e Rebeca, encararam o convite com naturalidade e entusiasmo, considerando que o casal sempre realizou boas festas e celebrações ao longo dos anos. Esses amigos próximos, acostumados com a cordialidade e a generosidade de Fernando e Rebeca, receberam o convite com alegria e expectativa, ansiosos para celebrar mais um ano de vida do aniversariante em um ambiente de harmonia e amizade. Para eles, a festa prometia ser mais um momento especial de confraternização e união entre pessoas queridas, no entanto, um pequeno grupo de pessoas ficou surpreso ao receber o convite, demonstrando reações distintas em relação à situação. Esses convidados, possivelmente mais próximos de Fernando ou Rebeca e alguns cientes da dificuldade de relacionamento entre o casal, podem ter sido surpreendidos pela decisão de manter a festa de aniversário em meio às circunstâncias delicadas do momento. A festa de aniversário de Fernando prometia ser um momento de encontros, emoções e reflexões, onde as relações humanas e as interações sociais se destacariam.

Toni, o detetive particular, ao chegar em seu escritório, foi surpreendido por um envelope muito elegante que chamou a sua atenção. Ao abri-lo, descobriu que se tratava de um convite para o aniversário de um dos seus investigados no passado. Toni observou atentamente o remetente e percebeu que o convite foi enviado por Rebeca, sua cliente. A surpresa tomou conta dele, mas, após um momento de reflexão, ele decidiu aceitar o convite. Toni, mesmo surpreso com o convite vindo de uma cliente, demonstrou abertura e interesse em participar do evento, mostrando que estava disposto a manter um relacionamento cordial e profissional com seus clientes, mesmo após o fim das investigações. Ao aceitar o convite, Toni ficou curioso e intrigado com a situação, imaginando como seria reencontrar Rebeca em um ambiente tão diferente do contexto de investigação. Ele se preparou para comparecer à festa de aniversário, mantendo a discrição e a postura profissional que caracterizam o seu trabalho como detetive particular.

George, ao receber o convite para a festa de aniversário de Fernando, também ficou surpreso com a situação. A notícia de que o convite foi enviado por Rebeca pode ter gerado um misto de emoções e questionamentos em George, no entanto, após refletir sobre a importância da celebração do aniversário de Fernando e considerando a relação funcional com o aniversariante, decidiu aceitar o convite e comparecer à festa. A decisão de George de participar da festa demonstra o seu respeito pelos anfitriões e a sua disposição em manter um bom relacionamento com seu empregador, mesmo diante das circunstâncias delicadas envolvendo o relacionamento de Augusta e Fernando. Ao decidir ir à festa, George mostrou que está disposto a superar possíveis desconfortos ou incertezas para celebrar o aniversário de seu empregador, colocando em primeiro plano o bom relacionamento no trabalho.

Augusta, extremamente surpresa com o convite para a festa de aniversário de Fernando, tomou a decisão de aceitar o convite e já começou a se preparar para a ocasião especial. Para participar da comemoração, Augusta escolheu cuidadosamente suas roupas em grande estilo, buscando estar deslumbrante e elegante para a festa, com atenção aos detalhes e um toque de sofisticação, selecionou um traje que reflete sua personalidade e estilo, preparando-se para brilhar e impressionar na festa de aniversário de Fernando. Sua escolha de roupas em grande estilo demonstra não apenas sua confiança e autoestima, mas também sua vontade de marcar presença e celebrar a ocasião de forma memorável. Ao se preparar com antecedência e escolher suas roupas, Augusta demonstra seu comprometimento em aproveitar a festa ao máximo, desfrutando da companhia de amigos e celebrando a vida em meio a um ambiente de festividade e alegria.

A FESTA

A chegada dos convidados para a festa de aniversário na luxuosa mansão do casal Fernando e Rebeca foi marcada por um clima de expectativa e elegância. À medida que os carros se aproximavam da imponente entrada, os convidados foram recebidos por uma atmosfera de sofisticação e requinte, refletida na arquitetura imponente do local e na decoração elaborada. Os portões se abriram majestosamente para dar as boas-vindas aos convidados, revelando um cenário deslumbrante e repleto de detalhes luxuosos. Uma passarela iluminada conduzia os visitantes até a entrada da mansão, onde foram recebidos por uma equipe de recepção atenciosa e prestativa, pronta para guiá-los e oferecer as boas-vindas. À medida que os convidados adentravam, foram envolvidos por uma atmosfera de festividade e glamour, a música suave e envolvente preenchia o ambiente, criando um clima de celebração e descontração. A decoração impecável e os arranjos florais exuberantes contribuíam para a atmosfera festiva e elegante da festa.

Os convidados foram recepcionados pelo casal anfitrião, Fernando e Rebeca, que os acolheram com sorrisos calorosos e cumprimentos afetuosos. A felicidade e a alegria do aniversariante eram evidentes, refletindo a importância do momento especial e a gratidão por compartilhá-lo com amigos e fami-

liares queridos. Enquanto os convidados circulavam pela mansão, apreciando a beleza e o requinte do ambiente, foram convidados a desfrutar de deliciosos aperitivos e bebidas sofisticadas, servidos com elegância e atenção aos detalhes. Conversas animadas, risadas e abraços calorosos preencheram o ar, criando um clima de camaradagem e cumplicidade entre os presentes. A chegada dos convidados para a festa de aniversário na mansão do casal Fernando e Rebeca era um verdadeiro espetáculo de elegância, alegria e celebração, marcando o início de uma noite inesquecível repleta de emoções, encontros e memórias preciosas.

George chegou à luxuosa mansão do casal, deslumbrado com o ambiente magnífico e a atmosfera de elegância e sofisticação que o envolvia na festa. George foi recebido calorosamente pelos anfitriões, que o acolheram com sorrisos calorosos e abraços afetuosos, transmitindo uma sensação de calor humano e hospitalidade. A beleza e grandiosidade da mansão, aliadas à decoração requintada e aos detalhes luxuosos, impressionaram George e o envolveram em um cenário de puro encantamento e admiração. A música suave ao fundo, a luz difusa e as risadas animadas dos convidados contribuíram para criar um clima de festividade e alegria que contagiava todos os presentes.

Ao ser envolvido pela atmosfera festiva e acolhedora da festa, George se sentiu verdadeiramente feliz e realizado, a sensação de pertencer àquele ambiente exclusivo e compartilhar momentos especiais com amigos e conhecidos trouxe uma onda de gratidão e contentamento, preenchendo seu coração com alegria e emoção. A interação com os demais convidados, as conversas animadas e as trocas de sorrisos e olhares cúmplices reforçavam a sensação de felicidade e realização de George, que se deixou envolver pelo clima festivo e acolhedor. A presença de pessoas queridas e a atmosfera de celebração e união contribuíram para tornar aquele momento único e memorável, reforçando a importância dos laços de amizade e afeto que ligam os anfitriões aos demais presentes, assim, George desfrutou intensamente da experiência única e especial da festa de aniversário, alimentando a sua alma com alegria, gratidão e uma sensação de realização que o acompanharia por muito tempo após o término da celebração.

Ao longo da festa de aniversário, os convidados chegaram e foram recepcionados calorosamente pelo casal anfitrião, desfrutando de momentos de alegria e descontração em meio à atmosfera festiva e elegante do evento. À medida que a noite avançava e mais pessoas se juntavam à celebração, o ambiente se encheu de risos, conversas animadas e interações entre os presentes, no entanto um momento inesperado surgiu quando Fernando avistou a chegada de Augusta, uma presença que o surpreendeu e o deixou atônito, pois não esperava vê-la na festa naquele dia específico. Com um misto de emoções e surpresa, Fernando decidiu criar uma desculpa e se afastar, deixando Rebeca só para receber os que estavam chegando, dirigindo-se ao interior da casa em busca de um momento de reflexão e privacidade.

A presença de Augusta na festa despertou sentimentos e lembranças que o levaram a buscar um momento de introspecção e tranquilidade, longe dos olhares curiosos e da agitação do evento. A surpresa de vê-la ali, em um contexto inesperado, gerou questionamentos e reflexões que Fernando preferiu abordar em um ambiente mais reservado e íntimo. Enquanto isso, a festa seguiu seu curso, com os demais convidados desfrutando da companhia uns dos outros, compartilhando histórias, brindando à vida e celebrando o aniversário de Fernando em clima de festividade e alegria. O ambiente festivo e acolhedor da mansão se manteve, embora a breve ausência de Fernando fosse notada por alguns dos presentes. Assim, a festa de aniversário na mansão do casal Fernando e Rebeca seguiu adiante, com momentos de surpresa, emoção e reflexão que marcaram a celebração de uma data especial e reforçaram os laços de amizade e afeto entre os convidados, mesmo diante de imprevistos e situações inesperadas.

A entrada de Augusta na festa de aniversário na mansão do casal Fernando e Rebeca foi recebida com muita satisfação por parte de Rebeca, que a recebeu com gestos agradáveis e a conduziu gentilmente ao interior da casa. Sem conhecer a relação existente entre Fernando e Augusta, Rebeca demonstrava cordialidade e hospitalidade ao receber a convidada, sem suspeitar do segredo que pairava entre os dois. A interação entre Rebeca e Augusta foi marcada por sorrisos, abraços e conversas animadas, refletindo a atmosfera acolhedora e amistosa da festa. Rebeca, alheia à verdadeira natureza da relação entre Augusta e seu marido, manteve-se receptiva e amigável, sem desconfiar de segredos e revelações, pois Rebeca guardou o envelope que Toni entregou sem abri-lo, mantendo-se alheia ao conteúdo que poderia abalar as estruturas de seu casamento e de sua vida pessoal.

A descoberta da verdade por meio das provas entregues pelo detetive Toni representa um momento de potencial transformação e confronto para Rebeca, que terá que lidar com as consequências de desvendar os segredos e traições que envolvem seu marido. A decisão de guardar o envelope sem abrir sugere um misto de medo, incerteza e talvez um desejo inconsciente de preservar a imagem idealizada de seu relacionamento, dessa forma, a festa de aniversário na mansão do casal se desenrolou em meio a interações sociais, revelações ocultas e segredos guardados, criando uma atmosfera de suspense e intriga que permeou a celebração da data especial. O destino dos personagens e o desfecho dessa trama complexa estão prestes a se desenrolar, revelando verdades e emoções que impactarão a vida de todos os envolvidos.

Rebeca expressou uma grande satisfação ao ver Toni chegar à festa de aniversário, com um sorriso acolhedor e gestos amigáveis, ela demonstrou sua gratidão e apreço por Toni ter aceitado o convite e se juntado à celebração especial. Rebeca o conduziu com gentileza e cordialidade para o interior da casa, proporcionando-lhe um ambiente acolhedor e confortável na festa. Sua atitude acolhedora e sua expressão de contentamento refletem a importância da presença de Toni naquele momento e a confiança depositada nele para lidar com questões delicadas e reveladoras.

O detetive particular Toni circulou pela festa de aniversário na mansão do casal Fernando e Rebeca, servindo-se de espumante e degustando petiscos deliciosos enquanto interagia com os demais convidados. Em meio à atmosfera festiva e animada, Toni desfrutou dos sabores e aromas da comemoração, apreciando os detalhes e a hospitalidade presentes no evento, no entanto um momento de surpresa e perplexidade surgiu quando Toni avistou Augusta entre os convidados, causando-lhe uma reação inesperada. A presença de Augusta na festa despertou questionamentos e reflexões no detetive, que se viu diante de um cenário inesperado e repleto de segredos e mistérios.

A visão de Augusta entre os presentes adicionou uma camada de complexidade e suspense à festa, provocando um misto de emoções e intrigas em Toni. A presença da mulher que foi objeto de investigação e segredos ocultos na mesma celebração gerou um clima de tensão e curiosidade que envolveu o detetive. Enquanto Toni absorvia a surpresa e a incerteza provocadas pela presença de Augusta, ele se viu diante de um desafio inesperado que exigiu sua habilidade investigativa e perspicácia para lidar com os segredos e revelações que poderiam por vir à tona. A festa, que antes era apenas um evento social, para Toni transformou-se em um cenário de mistérios. "O que faz a amante de Fernando na festa?", "Eles serão levados a confrontar suas verdades e enfrentar as consequências de seus segredos guardados?" foram questionamentos que passaram pela cabeça de Toni. Assim, a presença de Augusta entre os convidados da festa de aniversário adicionou uma nova dimensão à festa.

O detetive, surpreendido com a presença de Augusta na festa, decidiu agir prontamente e procurou imediatamente Rebeca para esclarecer a situação e discutir as revelações que tinha acabado de presenciar. Com um misto de surpresa e preocupação, Toni abordou Rebeca com cautela, buscando entender o que estava acontecendo e esclarecer os eventos que envolviam a presença de Augusta na festa. Após encontrar Rebeca em um momento de tranquilidade e privacidade, Toni compartilhou suas descobertas e preocupações com a anfitriã, informando-lhe que tinha acabado de ver a amante de Fernando entre os convidados e questionando se houve alguma questão ou desenvolvimento que ele não estava ciente desde que entregou as provas da traição de Fernando.

Com um tom de seriedade e urgência, Toni buscou obter esclarecimentos e informações adicionais sobre a situação, demonstrando sua disposição em ajudar Rebeca a lidar com os segredos e revelações que vinham à tona durante a festa. Sua atitude investigativa reflete a sua determinação em desvendar a verdade e apoiar Rebeca diante dos desafios e dilemas que surgem de forma inesperada. A conversa entre Toni e Rebeca revela uma nova camada de mistério e tensão na festa, à medida que os segredos guardados são expostos e as emoções se intensificam. A presença de Augusta entre os convidados e a busca por respostas e esclarecimentos criam um clima de suspense e revelações iminentes, prometendo mudar o curso dos acontecimentos e afetar profundamente a vida dos envolvidos.

Diante da revelação do detetive Toni sobre a presença de Augusta na festa e a natureza de seu relacionamento com Fernando, Rebeca ficou profundamente surpresa e chocada, a falta de conhecimento prévio sobre a situação e a descoberta repentina sobre com quem seu marido a estava traindo geraram uma onda de emoções intensas e conflitantes em Rebeca, que se viu perante uma realidade dolorosa e surpreendente. Ao questionar Toni sobre as informações reveladas, Rebeca expressou sua incredulidade e perplexidade diante da traição de Fernando e da presença de Augusta na festa, a confirmação de que o detetive entregou as provas que comprovavam o envolvimento de Augusta como amante de seu marido causou um turbilhão de sentimentos em Rebeca, que se viu confrontada com uma verdade amarga e devastadora.

No auge da surpresa e da angústia, Rebeca relembrou ter guardado, sem abrir, o volumoso envelope com as provas que o detetive Toni ofereceu, revelando um lapso de memória ou um ato inconsciente que adiou a confrontação com a realidade e as consequências da descoberta. O choque e a revolta diante da traição de Fernando despertaram um misto de emoções, incluindo a negação, a incredulidade e o ódio, que se misturaram em um turbilhão de sentimentos complexos e intensos. Assim, Rebeca se viu diante de um dilema emocional e moral, confrontando a traição de seu marido e a dor da decepção em um momento de revelações e confrontações que mudariam para sempre o curso de sua vida e de suas relações. A presença de Augusta na festa desencadeou uma série de eventos e emoções que desafiaram Rebeca a encontrar forças para lidar com a traição e reconstruir sua própria história em meio ao caos e à confusão emocional.

No desenrolar da festa de aniversário na mansão do casal, Fernando procurou Augusta entre os convidados e abordou-a para expressar seu espanto e desconforto com a situação. Com um misto de surpresa e preocupação, Fernando manifestou sua desaprovação pela presença de Augusta na festa, acreditando que não foi uma boa ideia ela ter comparecido ao evento. Ao encontrar Augusta entre os demais convidados, Fernando percebeu o impacto e a tensão gerados pela presença da amante em um ambiente tão íntimo e pessoal, a surpresa e a preocupação com as possíveis repercussões da presença de Augusta na festa revelaram a complexidade e a gravidade da situação, colocando em evidência as consequências de seus atos e da revelação de seu relacionamento extraconjugal. A interação entre Fernando e Augusta foi marcada por um clima de desconforto e tensão, refletindo a complexidade e as consequências de seus envolvimentos e segredos guardados. A expressão de desaprovação e surpresa de Fernando revelou a gravidade da situação e a necessidade de lidar com as consequências de suas ações e escolhas, diante de uma situação inesperada e desafiadora.

Assim, a presença de Augusta na festa de aniversário de Fernando desencadeou uma série de emoções, criando um cenário de conflito que impactaria profundamente a vida do casal.

Na sequência da festa de aniversário na mansão, ocorreu uma intensa discussão entre Fernando e Augusta sobre a presença dela no evento, a tensão e o desconforto foram evidentes na interação entre os dois, culminando em uma discussão acalorada. George, que estava próximo ao local da discussão, ouviu os argumentos e as emoções afloradas na conversa entre Fernando e Augusta. Percebendo a gravidade da situação, Fernando, após a discussão com Augusta, decidiu se afastar, deixando-a visivelmente irritada e perturbada com a situação. A tensão e a raiva eram palpáveis no ambiente, refletindo a complexidade e a gravidade dos conflitos e segredos que permeavam a festa.

Diante da situação delicada e do estado emocional de Augusta, George se aproximou para verificar se ela estava bem e oferecer apoio em meio à turbulência e ao desconforto causados pela discussão com Fernando. Demonstrando empatia, George buscou compreender a situação e oferecer seu apoio e solidariedade a Augusta, evidenciando sua sensibilidade e compaixão diante dos conflitos e das emoções intensas presentes na festa. A abordagem de George a Augusta revela sua disposição em auxiliar e acolher a mulher que está passando por momentos difíceis, criando um ambiente de compreensão e apoio em meio ao caos e à turbulência emocional que envolvem a festa. A conversa entre George e Augusta representa um momento de conexão humana e solidariedade em meio a um cenário de conflitos que desafiam as relações entre Fernando e Augusta.

Com consideração, George perguntou a Augusta se ela necessitava se retirar da festa e se prontificou a acompanhá-la, demonstrando sua disposição em ajudar e oferecer suporte à bela mulher diante da situação perturbadora que vivenciou. Sua atitude atenciosa e prestativa refletia sua preocupação com o bem-estar de Augusta e sua vontade de proporcionar conforto e apoio em um momento delicado, no entanto, surpreendendo todos, Augusta respondeu a George que não desejava ir embora e que pretendia ficar e aproveitar a festa. Sua decisão de permanecer na celebração, apesar do conflito e da tensão que surgiram, revela sua determinação em não se deixar abalar pelos eventos desagradáveis e em seguir adiante, desfrutando do momento presente e mantendo sua postura diante das adversidades.

A resposta de Augusta surpreendeu George e demonstra sua força em enfrentar os desafios e adversidades com coragem. Sua escolha de permanecer na festa reflete sua vontade de superar as dificuldades e continuar desfrutando da celebração, mesmo em meio a circunstâncias complicadas. Enquanto a festa de aniversário na mansão do casal seguia seu curso, Léia se autoencarregou de supervisionar a equipe do buffet e os garçons, concentrando-se em suas responsabilidades e tarefas, mantendo-se alheia aos acontecimentos e dramas pessoais que se desenrolaram entre os anfitriões. Sua dedicação e foco no gerenciamento e na coordenação dos serviços do evento revela seu comprometimento com o bom andamento da festa.

Enquanto os conflitos e emoções intensas permeavam a atmosfera da festa, Léia, que se preocupa muito com a perfeição e o auxílio à sua amiga, permaneceu atenta às necessidades logísticas e operacionais, garantindo que a equipe do buffet e os garçons desempenhassem suas funções com eficiência. Sua postura de liderança reflete sua capacidade de manter o controle e a organização em situações imprevistas que surgem durante o evento. Embora preocupada com o sucesso e a qualidade do serviço oferecido aos convidados, Léia não estava ciente dos acontecimentos e das tensões pessoais que envolviam os presentes na festa, sua dedicação em supervisionar e garantir o bom funcionamento do buffet e dos serviços prestados demonstra sua amizade com Rebeca, objetivando proporcionar uma experiência agradável e memorável para os participantes da celebração.

Assim, enquanto os dramas e conflitos pessoais se desenrolavam entre os convidados, Léia permaneceu focada em sua missão de garantir o sucesso do evento e a satisfação dos presentes, mantendo-se alheia aos acontecimentos que fugiam de sua esfera de responsabilidade. Sua atuação discreta e eficiente contribuiu para a harmonia e o bom andamento da festa, mesmo diante de turbulências e desafios que surgiram ao longo da celebração.

Rebeca, com o coração pesado e a mente atormentada pela conversa que teve com o detetive Toni, foi consumida pela incredulidade e pela dor da descoberta. A informação de que o envelope continha fotos e vídeos de Fernando e Augusta em atitudes amorosas desencadeou uma avalanche de emoções intensas e conflitantes na anfitriã, que se viu confrontada com a verdade cruel e devastadora. Decidida a encarar a realidade e confrontar a traição que abalou seu casamento, Rebeca partiu em direção aos seus aposentos, guiada pela necessidade de desvendar os segredos e confrontar as evidências que revelavam a infidelidade de seu marido. Com mãos trêmulas e coração acelerado, Rebeca retirou o envelope de sua gaveta, cujo conteúdo guardava as provas incontestáveis da traição de Fernando.

Ao abrir o envelope e deparar-se com imagens e vídeos que capturavam momentos íntimos entre Fernando e Augusta, Rebeca foi tomada por uma mistura avassaladora de emoções, que iam desde a tristeza e a raiva até a sensação de traição e decepção profunda. A realidade crua e brutal das provas expostas diante de seus olhos despedaçou as últimas ilusões e esperanças que Rebeca ainda nutria em relação ao seu casamento e ao seu relacionamento com Fernando. Assim, Rebeca foi forçada a encarar a verdade nua e crua, confrontando a infidelidade e a traição de seu marido de forma incontestável, as imagens contidas no envelope revelavam a profundidade da deslealdade de Fernando e abalavam as estruturas de sua relação, levando-a a um ponto de ruptura e transformação que marcaria o fim de seu matrimônio.

Rebeca, consumida pela raiva, angústia e determinação de confrontar seu marido Fernando sobre a traição revelada pelas provas entregues pelo detetive Toni, decidiu agir com coragem, mesmo que isso significasse interromper a festa e lidar com as consequências imediatas de suas descobertas. Sua mente estava tomada pela intensidade das emoções e pela necessidade de esclarecer a verdade que abalou sua vida e seu casamento. Em um impulso de decisão, Rebeca partiu em direção a Fernando, pronta para confrontá-lo e encarar a realidade dolorosa da traição. O desejo de encerrar tudo ali mesmo, diante de todos os presentes na festa, reflete a impulsividade de Rebeca em enfrentar seu esposo e buscar a verdade, independentemente das consequências.

No entanto, antes que Rebeca pudesse confrontar seu marido, segurando o envelope com as provas da traição na mão, ela se deparou com Toni. O encontro inesperado com o detetive acrescentou uma nova camada de complexidade e tensão à situação, criando um momento de suspense e revelação que desafiava as expectativas e o desfecho iminente da confrontação.

Toni observou Rebeca com o envelope nas mãos, o que sugeria a possibilidade de desdobramentos que poderiam impactar o curso dos acontecimentos e as decisões de Rebeca. A surpresa diante desse encontro inesperado intensificou a tensão presente no ambiente, prenunciando um desfecho dramático para o casal. Diante das emoções e da determinação de Rebeca em confrontar seu marido sobre a traição revelada pelo envelope com as provas entregues por ele, Toni, reconhecendo o envelope nas mãos de sua cliente e interpretando os sinais de raiva e indignação em seu comportamento, antecipou as possíveis consequências e decidiu agir rapidamente para evitar um confronto público e potencialmente constrangedor. Com a percepção aguçada e a experiência em lidar com situações delicadas, Toni tomou a iniciativa de segurar Rebeca pelo braço e conduzi-la para a varanda, buscando um local mais reservado e privado onde pudessem conversar sem a presença dos demais convidados. Sua ação demonstrava sua preocupação com o bem-estar e a privacidade de Rebeca, além de sua vontade de evitar um escândalo desnecessário e proteger a integridade emocional de sua cliente em um momento tão delicado.

Ao chegar à varanda, Toni questionou Rebeca sobre suas intenções em relação ao envelope e à revelação das provas da traição de Fernando, buscando entender suas motivações e emoções diante da situação. Sua abordagem calma e ponderada reflete sua habilidade em lidar com crises e conflitos, oferecendo um ambiente propício para que Rebeca pudesse expressar suas emoções e pensamentos de forma mais tranquila e reflexiva. A conversa entre Toni e Rebeca na varanda representa um momento de pausa e reflexão em meio à turbulência e às emoções intensas que cercam a festa, proporcionando à Rebeca a oportunidade de ponderar suas ações e decisões diante da revelação chocante que abalou seu mundo. A presença do detetive oferecia um apoio e uma orientação bem-vindos nesse momento crítico, permitindo que Rebeca avaliasse as consequências de suas escolhas e decisões com mais clareza e discernimento.

Após a conversa com o detetive Toni e o momento de reflexão e decisão que se seguiu, Rebeca tomou uma decisão consciente, ela decidiu retornar aos seus aposentos e guardar o envelope contendo as provas da traição de Fernando, optando por manter a compostura e continuar com o comportamento festivo na celebração. Essa escolha revela a força de Rebeca em lidar com a situação de forma estratégica e controlada, preservando sua dignidade e evitando um confronto público que poderia gerar desconforto e constrangimento para todos os presentes na festa. Apesar da revelação chocante da traição de seu marido, Rebeca escolheu não permitir que isso afetasse sua imagem e sua participação na festa, optando por manter a aparência de normalidade e continuar desfrutando do momento presente. Sua atitude de retomar a alegria e a animação da celebração reflete sua determinação em superar as adversidades com elegância e classe. Ao guardar o envelope com as provas da traição e prosseguir com o comportamento festivo, Rebeca mostra sua capacidade de manter o controle da situação e decidir o momento adequado para lidar com as questões pessoais e familiares de forma mais privada e discreta.

O reencontro de Rebeca com seu esposo Fernando, que parece preocupado após ter encontrado Augusta durante a festa, adicionou uma nova camada de tensão e emoção à atmosfera da celebração. A expressão de preocupação no rosto de Fernando sinalizava que a situação entre ele, Rebeca e Augusta atingiu um ponto crítico, criando um clima de incerteza e drama no evento. A presença de Augusta na festa e o encontro de Fernando com ela podem ter desencadeado uma série de emoções e questionamentos em Rebeca, que agora se via diante da necessidade de confrontar a traição e lidar com as consequências dessa revelação em um ambiente público e socialmente delicado. Ao encontrar Fernando com ar preocupado após seu encontro com Augusta, Rebeca foi tomada por uma mistura de sentimentos, desde a raiva e a decepção até a tristeza e a incerteza em relação ao futuro de seu relacionamento. A presença de Augusta na festa e a dinâmica que se desenvolveu entre eles prometiam desdobramentos intensos e revelações impactantes. Assim, o encontro de Rebeca com Fernando e Augusta durante a festa marcou um ponto crucial na vida deles.

Augusta continuou circulando pelas dependências da mansão, aproveitando a festa, quando se deparou com Rebeca no alto da escada. Subiu a escadaria em sua direção e, ao chegar ao topo da escada, aproximou-se de Rebeca, que, sem aviso, desferiu um tapa no rosto de Augusta, que não reagiu, mas iniciou uma conversa questionando o porquê da agressão.

Rebeca sentia o coração pesado, com as palavras engasgadas em sua garganta prontas para romperem o silêncio que a sufocava. Augusta, com os olhos baixos, parecia antever a tempestade que se aproximava. Fernando, o marido que ela um dia amara, agora era o centro de uma traição que dilacerava sua alma. Com a voz tremendo, Rebeca finalmente rompeu o silêncio que os envolvia.

— Eu sei, Augusta. Eu sei de tudo. Não há mais mentiras, não há mais segredos. Você e Fernando me traíram, destruíram a confiança que um dia existiu entre nós. Eu não posso perdoar essa traição, essa dor que me consome.

As lágrimas brotavam dos olhos de Rebeca, misturando-se com a raiva que pulsava em seu peito. Augusta ergueu o olhar, encarando-a com uma expressão de culpa e resignação. Sabia que a máscara havia caído e que a verdade havia sido exposta de forma cruel e implacável.

— Peço-lhe, Augusta, que se retire desta casa. Leve consigo a sombra da traição, a lembrança amarga de um amor que se perdeu na mentira. Não há lugar para você aqui, neste lar que agora é palco de desilusão e desespero. Não posso mais suportar a presença de quem me traiu de forma tão cruel.

Augusta, com os olhos marejados, assimilou lentamente as palavras de Rebeca ecoando em sua mente como um punhal afiado.

—Antes de sair preciso dizer o que guardo por toda a minha vida.

Dito isso, o silêncio pairava tenso no ar, enquanto as duas processavam as palavras chocantes que acabaram de pronunciar. O coração de Rebeca batia descompassado, uma mistura de choque e incredulidade tomando conta de seu ser. Augusta, a amante de seu esposo, agora revelava um segredo que mudaria tudo.

— Sou sua irmã de sangue, Rebeca. Meu pai, o mesmo que abandonou minha mãe, também me abandonou. Cresci sem amor, sem lar, sem apoio. A vida me ensinou a lutar e a sobreviver sozinha. Esta casa da qual agora me expulsa também é minha, por direito de sangue.

As palavras de Augusta ecoavam na sala, carregadas de uma verdade que abalava as estruturas de Rebeca. O passado, até então desconhecido, se desenrolava diante de seus olhos, revelando segredos que ela jamais imaginara.

—Nosso pai foi o grande traidor, Rebeca. Ele abandonou minha mãe, deixando-nos à própria sorte. Cresci sem saber o que era ter um lar, sem conhecer o calor de uma família unida. E agora, o destino nos coloca frente a frente, como irmãs separadas pelo tempo e pela dor.

Rebeca sentia as lágrimas escorrerem por seu rosto, um turbilhão de emoções a envolvia. O choque da revelação se misturava à compaixão por Augusta, à compreensão de uma história marcada por abandono e solidão.

— Seu esposo também é meu agora, Rebeca. Uma ironia do destino, um emaranhado de relações complexas e dolorosas. O passado que nos separou agora nos une de forma inesperada. Eu não queria magoar você, mas a verdade precisava ser dita.

Naquele momento de revelações e confrontos, Rebeca e Augusta se viam diante de um novo capítulo em suas vidas, marcado por segredos revelados e laços de sangue que transcendiam o tempo e as mágoas. O futuro se apresentava incerto, mas a verdade, por mais dolorosa que fosse, seria o alicerce sobre o qual construiriam um novo entendimento.

Augusta, com o coração pesaroso e a mente tomada pela indignação, desceu a escadaria e, diante de todos os convidados, chegou à porta daquela casa que agora se tornara palco de revelações e traições. Cada passo era carregado de determinação e uma fúria contida, uma mistura de sentimentos que a consumia por dentro.

Enquanto o eco das palavras reveladoras ainda ressoava em sua mente, Augusta recordava as promessas feitas à sua mãe no leito de morte. Promessas de vingança, de justiça para a dor e o abandono sofridos. O peso do passado, as cicatrizes da infância marcada pela solidão e pelo abandono agora se fundiam em um propósito claro e inabalável.

Com a porta à sua frente, Augusta respirou fundo, deixando que a determinação a impulsionasse para o exterior, rumo ao mundo onde as peças do destino se entrelaçavam de forma implacável. Ela sabia que o caminho da vingança era traiçoeiro e obscuro, mas a promessa feita à sua mãe era como uma chama ardente em seu peito, guiando-a em direção ao que precisava ser feito.

George aproximou-se de Augusta e questionou seus atos.

—Augusta, o que você fez? Eu não posso acreditar. Como pôde se deixar levar pela vingança dessa forma?

— George, eu sei que minhas ações podem ter sido duras e talvez até injustas, mas eu não podia mais simplesmente ficar parada e permitir que a injustiça prevalecesse.

— Mas, Augusta, a vingança nunca é o caminho certo. Eu te conheço, sei que você é uma pessoa justa e bondosa. Como pôde agir assim?

— Eu sei que errei, George. A dor e a raiva tomaram conta de mim e eu agi impulsivamente. Mas a dor da traição e da injustiça que sofri durante a minha vida foi tão intensa que me cegou para as consequências dos meus atos.

— Eu entendo sua dor, Augusta, mas a vingança só perpetua o ciclo de violência e injustiça. Não podemos deixar que a escuridão nos consuma, precisamos encontrar a luz e a compaixão em nossos corações.

Augusta continuou a caminhar, deixando para trás as pessoas estupefatas com os acontecimentos.

Cada passo em direção ao desconhecido era um passo em direção à sua própria redenção, à reparação das injustiças que haviam marcado sua vida. O fardo da traição, o peso das revelações, tudo se transformava em combustível para a força que a impelia adiante, rumo ao cumprimento da promessa feita no leito de morte de sua mãe, e a. Assim, Augusta deixou para trás aquela casa que um dia fora cenário de traições e dor, sua determinação e sua sede de justiça a guiavam em direção ao destino que agora se desenrolava diante dela. O ciclo de vingança e redenção se iniciava e Augusta sabia que não haveria volta. O passado e o presente se encontravam e o futuro se revelava incerto, mas cheio de possibilidades sombrias e promessas de um acerto de contas inevitável.

Augusta, antes de sair daquela casa carregada de segredos e traições, elevou a voz em um tom ameaçador. Suas palavras ecoavam pelo ambiente de forma imponente e decisiva. Com a determinação de quem não mais se curvaria à injustiça, ela proclamou em alto e bom som para que todos ouvissem:

— A partir deste momento é a Justiça que determinará o destino dos bens de nosso pai.

A afirmação ressoou como um trovão, ecoando pelos corredores daquela casa agora imersa em conflitos e revelações. Augusta, com seus olhos faiscando de determinação, sabia que o caminho que escolhera trilhar não seria fácil, mas era o único que poderia trazer a verdade à tona, trazendo justiça para aquela história marcada por traições e abandonos.

Sua voz firme e decidida era um chamado à ação, um manifesto de que a dor e a injustiça não mais seriam toleradas. O peso das promessas feitas no leito de morte de sua mãe impelia Augusta a seguir em frente, a enfrentar o passado e a lutar por aquilo que acreditava ser justo e correto.

Enquanto as palavras de Augusta pairavam no ar, uma aura de tensão e expectativa envolvia todos os presentes. O destino dos bens de seu pai, símbolo de uma vida marcada por enganos e decepções, agora estava nas mãos da Justiça e Augusta estava determinada a fazer com que a verdade prevalecesse.

Com passos firmes e olhos que refletiam a chama da justiça, Augusta partiu, deixando para trás um rastro de incertezas e a promessa de um acerto de contas que se desenrolaria diante de todos. O destino dos bens de seu pai agora era uma questão de justiça e Augusta estava disposta a enfrentar o desafio, custasse o que custasse.

No silêncio que se seguiu, Rebeca sentiu o peso da solidão que agora pairava sobre ela. O lar, que um dia fora de amor e felicidade, agora se transformava em um cenário de desolação e tristeza. As lágrimas escorriam por seu rosto, misturando-se à dor que a consumia e à indignação que a dominava e, assim, naquele momento de revelação amarga, Rebeca viu desmoronarem os alicerces de sua vida, enquanto Augusta partia levando consigo a sombra de uma traição que jamais seria esquecida.

Fim.